pocketbook

pocke**book**

Рэй Брэдбери

Лето, прощай

Москва
2022

УДК 821.111-31(73)
ББК 84(7Сое)-44
Б89

Ray Bradbury
FAREWELL SUMMER
ИЗМЕНИТЬ ЛИЦ. ПОДПИСЬ:

© 1951, 1953, 1967 BY RAY BRADBURY.
COPYRIGHT RENEWED 1979, 1981, 1995 BY RAY BRADBURY
RAY BRADBURY TRADEMARK USED WITH THE
PERMISSION OF RAY BRADBURY LITERARY WORKS LLC

Перевод с английского *Елены Петровой*

Оформление *Андрея Саукова*

Брэдбери, Рэй.
Б89 Лето, прощай : роман / Рэй Брэдбери ; [пер. с англ. Е. Петровой]. — Москва : Эксмо, 2022. — 192 с.

ISBN 978-5-699-37471-7

Все прекрасно знают «Вино из одуванчиков» — классическое произведение Рэя Брэдбери, вошедшее в золотой фонд мировой литературы. А его продолжения пришлось ждать полвека!

Свое начало роман «Лето, прощай» берет в том же 1957 году, когда представленное в издательство «Вино из одуванчиков» показалось редактору слишком длинным и тот попросил Брэдбери убрать заключительную часть. Пятьдесят лет этот «хвост» жил своей жизнью, развивался и переписывался, пока не вырос в полноценный роман, который вы держите в руках.

УДК 821.111-31(73)
ББК 84(7Сое)-44

© Петрова Е., перевод на русский язык, примечания, 2022
© Издание на русском языке, оформление. «Издательство «Эксмо», 2022

ISBN 978-5-699-37471-7

*С любовью — Джону Хаффу,
который живет и здравствует
спустя годы после «Вина из одуванчиков»*

I
ПОЧТИ АНТИЕТАМ

ГЛАВА 1

Иные дни похожи на вдох: Земля наберет побольше воздуха и замирает — ждет, что будет дальше. А лето не кончается, и все тут.

В такую пору на обочинах буйствуют цветы, да не простые: заденешь стебель, и окатит тебя ржавый осенний дождик. Тропинки, все подряд, словно бороздил колесами старый бродячий цирк, теряя разболтанные гайки. Рассыпалась после него ржавчина под деревьями, на речных берегах и, конечно, у железной дороги, где раньше бегали локомотивы; правда, очень давно. Нынче эти рельсы, обросшие пестрой чешуей, томились на границе осени.

— Глянь-ка, Дуг,— заговорил дед, когда они возвращались в город с фермы.

У них в кузове фургона лежали здоровенные тыквы, числом шесть штук, только-только снятые с грядки.

— Видишь цветы?
— Да, сэр.

— «Прощай-лето», Дуг. Такое у них название. Чуешь, какой воздух? Август пришел. Прощай, лето.

— Ничего себе,— сказал Дуг,— тоскливое у них название.

По пути в буфетную бабушка определила, что ветер дует с запада. Из квашни вылезала опара, будто внушительная голова инопланетянина, отъевшегося на урожае прошлых лет. Приподняв на ней шапочку-холстинку, бабушка потрогала эту гору. Такой была земля в то утро, когда на нее сошел Адам. То утро сменило собою ночь, когда Ева соединилась с незнакомцем на ложе в райских кущах.

Из окошка было видно, как в саду отдыхает солнечный свет, тронувший яблони золотом, и бабушка проговорила точь-в-точь те же слова:

— Прощай, лето. Октябрь на дворе, первое число. А на градуснике — восемьдесят два*. Не уходит летняя пора. Собаки под деревьями прячутся. Листва зеленеет. И плакать охота, и смеяться. Сбегай-ка ты на чердак, Дуг, да выпусти из потайного чулана дурковатую старую деву.

— Разве у нас на чердаке живет дурковатая старая дева? — изумился Дуг.

---

* 82 °F = 28 °C

— У нас — нет, но ты уж сбегай, раз так заведено.

Над лужайкой поплыли облака. А когда опять выглянуло солнце, бабушка у себя в буфетной еле слышно шепнула:

— Лето, прощай.

На веранде Дуг помедлил рядом с дедом, надеясь впитать хоть немного его зоркости, чтобы так же смотреть сквозь холмы, и немного печали, и немного первозданной радости. Но впитал только запах трубочного табака да одеколона «Тигр». В груди закружился волчок: то темная полоса, то светлая, то смешинка в рот попадет, то соленая влага затуманит глаза.

Дуг осмотрел сверху озерцо травы, уже без единого одуванчика, пригляделся к ржавым отметинам на деревьях, втянул запах Египта, прилетевший из дальних восточных краев.

— Надо пончик съесть да поспать чуток,— решил Дуг.

ГЛАВА 2

Как был, с усами из сахарной пудры, Дуг раскинулся на кровати в летнем флигеле, готовый погрузиться в дрему, которая уже витала в голове и заботливо укрывала его темнотой.

Где-то вдалеке заиграл оркестр: приглушенные расстоянием духовые и ударные выводили под сурдинку незнакомый тягучий мотив.

Дуг прислушался.

Вроде как трубачи с барабанщиками выбрались из пещеры на яркий солнечный свет. Невидимая стая растревоженных дроздов взмыла в небо и повела партию пикколо.

— Праздничное шествие! — ахнул Дуг и выпрыгнул из кровати, стряхивая остатки дремоты вместе с сахарной пудрой.

Музыка звучала все громче, протяжней и глубже; грозовой тучей, чреватой молниями, опускалась на темнеющие крыши.

Подскочив к окну, Дуглас глядел во все глаза.

И было на что посмотреть: на лужайке, с тромбоном в руках, вытянулся его одноклассник и закадычный друг Чарли Вудмен; другой парнишка, Уилл Арно, приятель Чарли, поднимал кверху трубу, а городской парикмахер, мистер Уайнески, стоял с тубой, словно обвитый кольцами удава, и еще... стоп!

Развернувшись, Дуглас побежал через опустевшие комнаты.

И остановился на крыльце.

В числе музыкантов оказались и дед с валторной, и бабушка с бубном, и братишка Том с дудкой.

Все радостно галдели, все смеялись.

— Эй! — прокричал Дуг.— Какой сегодня день?

— Вот так раз! — прокричала в ответ бабушка.— Сегодня *твой* день, Дуг.

— Ближе к ночи будет фейерверк, а сейчас — прогулка на пароходе!

— Мы отправляемся на пикник?

— Точнее сказать, в путешествие.— Мистер Уайнески поглубже нахлобучил соломенную шляпу цвета кукурузных хлопьев.— Вот послушай!

С дальнего берега озера плыл протяжный гудок парохода.

— Шагом марш!

Бабушка ударила в бубен, Том заиграл на дудке, и пестрая толпа, в сопровождении целой своры заливающихся лаем собак, увлекла Дуга по улице. В центре города кто-то забрался на крышу гринтаунской гостиницы и раскурочил телефонный справочник. Но когда желтое конфетти опустилось на мостовую, процессия была уже далеко.

Над озерной водой собиралась дымка.

Вдалеке безутешно стонал туманный горн.

Показавшийся из тумана белоснежный пароход ткнулся бортом в причал.

Дуг не сводил с него глаз.

— Почему корабль без названия?

Завыл пароходный гудок. В толпе началось движение: Дугласа подталкивали к сходням.

— Ты первый, Дуг!

Тонна меди и десять фунтов палочек дружно грянули «Ведь он достойнейший малый»; люди водрузили Дугласа на палубу, а сами спрыгнули на причал.

Бам!

Это рухнули сходни.

Кто был на берегу, тот не попался в ловушку, вовсе нет.

Зато *он* попался в ловушку на воде.

Пароход, гудя, отчаливал от пристани. Оркестр заиграл «Колумбия, жемчужина морей».

— До свидания, Дуглас! — кричали городские библиотекарши.

— Счастливо,— шелестела толпа.

При виде расставленных на палубе корзин со снедью Дугласу вспомнилось, как он раз ходил в музей и видел там египетскую гробницу, где была вырезанная из дерева ладья, а в ней — игрушки и сухие комочки фруктов. Воспоминание сверкнуло пороховой вспышкой.

— Счастливо, Дуг, счастливо...— Женщины вытащили платочки, мужчины замахали соломенными шляпами.

Вскоре корабль уже разрезал холодные воды, туман окутал его целиком, и оркестр как-то растворился.

— В добрый час, парень.

И тут до него дошло: обыщи хоть все закутки — не найдешь ни капитана, ни матросов, хотя в машинном отделении рокочет двигатель. Замерев на месте, он вдруг подумал, что можно перегнуться через борт в носовой части, а там рука сама нащупает выведенное свежей краской имя корабля:

«ПРОЩАЙ-ЛЕТО»

— Дуг...— звали голоса.— Ах, до свидания... Ох, счастливо...

А потом пристань опустела, процессия скрылась вдали, пароход дал прощальный гудок и разбил Дугласу сердце: оно брызнуло слезами у него из глаз, и он стал звать родных и близких, оставшихся на берегу.

— Бабушка, дедушка, Том, на помощь!

Покрывшись холодным потом, Дуг залился горючими слезами — и упал с кровати.

ГЛАВА 3

Дуг успокоился.

Поднявшись с пола, он приблизился к зеркалу, чтобы посмотреть, как выглядит грусть, а она тут как тут, залила ему щеки краской, и тогда он, протянув руку, пощупал то, другое лицо, и было оно холодным.

В доме повеяло вкусным вечерним запахом свежих пирогов. Дуг побежал через сад на кухню и не пропустил тот момент, когда бабушка вытаскивала из курицы диковинные потроха; потом он выглянул в окно и увидел, как братишка Том залезает на свое любимое дерево, чтобы добраться до неба.

А кое-кто стоял на крыльце и попыхивал своей любимой трубкой.

— Дедушка, ты здесь! Фу ты, ох, надо же! И дом на месте! И город!

— Сдается мне, и ты здесь, парень.

— Ага, точно, да.

Деревья оперлись тенями на лужайку. Где-то стрекотала запоздалая газонокосилка: она подравнивала былое, оставляя за собой аккуратные холмики.

— Деда, вот скажи...

Тут Дуглас зажмурился и договорил уже в темноте.

— Смерть — это когда уплываешь на корабле, а вся родня остается на берегу?

Дедушка сверился с облаками.

— Вроде того, Дуг. А с чего ты вдруг спросил?

Дуглас проводил глазами удивительное облако, которое никогда еще не принимало подобных очертаний и никогда больше не станет прежним.

— Говори, дедушка.

— Что говорить-то? Прощай, лето?

Нет, беззвучно закричал Дуглас, этого не надо!

И тут у него в голове поднялся ураган.

ГЛАВА 4

Страшной силы железный грохот, да еще с присвистом, кромсал небо ножом гильотины. Удар. Город содрогнулся. Но на самом деле это просто налетел северный ветер.

На дне оврага мальчишки дожидались новой атаки.

Заняв позицию вдоль ручья, они дружно и весело справляли малую нужду под холодными лучами солнца; был здесь и Дуглас. Каждому хотелось запечатлеть свое имя на песке горячей лимонной струйкой. ЧАРЛИ, вывел первый. УИЛЛ, второй. А потом пошло: БО, ПИТ, СЭМ, ГЕНРИ, РАЛЬФ, ТОМ.

Дуглас ограничился своими инициалами, украсив их парой завитушек, но вслед за тем понатужился и добавил: ВОЙНА.

Том прищурился:
— Чего это?
— Война, как видишь, дурила. Война!
— А с кем?

Дуглас Сполдинг пробежал глазами по зеленым склонам необъятного секретного оврага.

И тут в четырех обветшалых, давно не крашенных особняках заводными игрушками возникли четверо стариков, слепленных из плесени и пожелтевшей сухой лозы: они, как мумии из гробов, таращились кто с крыльца, кто из окна.

— С ними,— прошипел Дуг.— Вот они, враги!

Крутанувшись на месте, Дуг скомандовал:

— В атаку!

— Кого убивать-то? — спросил Том.

ГЛАВА 5

Из окна сухой мансарды серого от времени дома, что над зеленым оврагом, свесился, как чердачный хлам, трясущийся старикан Брейлинг. Внизу сновали мальчишки.

— Боже милостивый,— воскликнул он,— сделай так, чтобы прекратился этот дикий гогот!

Слабыми руками он схватился за грудь, как поступает швейцарский часовщик, когда заговаривает тонкий механизм особым заклинанием, сродни молитве.

По ночам, страшась остановки сердца, он ставил у изголовья метроном, чтобы пульсация крови не прекратилась, пока он спит.

На крыльце зашаркали чьи-то шаги, сопровождаемые стуком трости. Не иначе как сюда пожаловал старый Келвин Си Квотермейн, чтобы устроиться в шершавом плетеном кресле и обсудить политику школьного попечительского совета. Брейлинг чуть не кубарем скатился с лестницы и выскочил на крыльцо.

— Квотермейн!

Келвин Си Квотермейн опустился на тростниковое сиденье, как негнущийся игрушечный робот, непомерно большой и насквозь ржавый.

Брейлинг хохотнул:

— А ведь я добился своего!

— Надолго ли? — усомнился Квотермейн.

— Черт-те что,— вздохнул Брейлинг.— Того и гляди, впихнут нас в коробку из-под сухофруктов да закопают. Одному богу известно, что им взбредет в голову, этим негодникам.

— Совсем распоясались. Ты только послушай!

— Бабах!

Это мимо крыльца пронесся Дуг.

— Не смей топтать лужайку! — заголосил Брейлинг.

Дуг развернулся и прицелился из капсюльного пистолета.

— Бабах!

Побледневший, с перекошенной физиономией, Брейлинг выкрикнул:

— Мазила!

— Бабах! — Дуглас запрыгнул на ступеньки.

В глазах Брейлинга он увидел две испуганные луны.

— Бабах! Рука прострелена!

— Рука не считается! — фыркнул Брейлинг.

— Бабах! Прямо в сердце!

— Как ты сказал?

— Прямо в сердце — бабах!
— Спокойно... Раз-два! — зашептал старик.
— Бабах!
— Раз-два.— Брейлинг давал команду своим рукам, сжимающим ребра.— Господи! Метроном!
— Чего?
— Метроном!
— Бабах! Наповал!
— Раз-два,— выдавил Брейлинг.
И упал замертво.
Дуглас отпрянул и, пересчитав ступеньки, грохнулся на сухую траву, однако не выпустил из рук капсюльный пистолет.

ГЛАВА 6

Часы сменяли друг друга снежно-холодными всполохами, а в особняке Брейлинга метались люди, надеясь, вопреки здравому смыслу, лицезреть воскрешение Лазаря.

Келвин Си Квотермейн, словно капитан тонущего корабля, не уходил с крыльца.

— Черт побери! Я своими глазами видел у мальчишки пистолет!

— Пулевых ранений не обнаружено, — заявил вызванный соседями доктор Либер.

— Застрелили! Насмерть!

В доме воцарилась тишина: соседи помогли вынести безжизненную оболочку бедняги Брейлинга и разошлись. Келвин Си Квотермейн, брызгая слюной, сошел с крыльца последним.

— Богом клянусь разыскать убийцу!

Опираясь на трость, он поковылял за угол.

Крик, удар!

— Нет, ради бога, нет! — Какая-то сила подбросила его в воздух и швырнула оземь.

Соседки, отдыхавшие неподалеку в креслах-качалках, вытянули шеи.

— А ведь это почтенный Квотермейн, верно?
— Неужто и этому пришел конец... мыслимое ли дело?

У Квотермейна дрогнули веки.

Вдалеке он заметил мальчишку, который удирал на велосипеде.

Убийца, пронеслось у него в голове. Убийца!

ГЛАВА 7

Если Дуглас плелся нога за ногу, его мысли неслись как угорелые; если он сам несся как угорелый, мысли плелись еле-еле. Сейчас дома расступались; небо полыхало.

На краю оврага он размахнулся и выбросил пистолет. Поток тут же смыл все следы. Эхо замерло.

И тут пистолет срочно понадобился ему вновь, чтобы потрогать грани убийства, как можно было потрогать того злющего старика.

Скатившись в овраг, Дуглас ринулся сквозь бурьян и, чуть не плача, отыскал свое оружие. От него пахло порохом, огнем и тьмой.

— Бабах,— прошептал Дуг и поспешил вверх по склону, туда, где бросил велосипед — через дорогу от места убийства старика Брейлинга.

Сначала он отвел велосипед подальше, как слепого коня, а потом оседлал его и покатил вокруг квартала, влекомый к тому же месту жестокого убийства.

Заворачивая за угол, он услышал крики: «Нет! Нет!» — это его велосипед сбил нелепое пугало, которое рухнуло на дорогу; тогда он с воем нажал на педали и через плечо оглянулся на новую жертву. Чей-то голос вопрошал:

— А ведь это почтенный Квотермейн, верно?!
— Не может быть,— простонал Дуг.

Брейлинг упал. Упал и Квотермейн. Стук-стук, два длинных топорика тюкнулись носом — один в крыльцо, другой в дорожную обочину, застыли и больше уже не поднимутся.

Дуг гнал велосипед по городским улицам. Преследования не было.

Похоже, город и не догадывался, что одного из жителей только что застрелили, а другого покалечили. Город пил чай и мурлыкал: «Передай сахарницу».

У своего крыльца Дуг резко тормознул. Не иначе как мама заливается слезами, а отец уже налаживает бритву...

Он распахнул кухонную дверь.

— Ага, явился не запылился.— Мать чмокнула его в лоб.— Аппетит нагулял — и тут как тут.
— Странно,— сказал Дуг.— Почему-то аппетита совершенно нет.

ГЛАВА 8

За ужином вся семья услышала, как в дверь с улицы полетели камешки.

— Вот интересно,— сказала мать,— мальчишки понимают, для чего существует звонок?

— За последние два столетия,— вступил отец,— не отмечено ни одного случая, чтобы юноша в возрасте до пятнадцати лет подходил к дверному звонку ближе чем на десять футов. Вы поели, молодой человек?

— Так точно, сэр.

Дуглас, как артиллерийский снаряд, вышиб входную дверь, затянутую сеткой от мошкары, прокатился по полу и прыгнул назад, успев придержать створку, пока она не грохнула. Только после этого он соскочил с крыльца на лужайку, где уже истомился Чарли Вудмен, встретивший его ощутимыми дружескими тычками.

— Дуг! Как сказал, так и сделал! Брейлинга пристрелил! Силен!

— Тише ты, Чарли!

— А когда расстреляем попечительский совет? Прикинь, до чего дошли: в этом году каникулы на неделю урезали! За такое убить мало! Расскажи, как ты это провернул, Дуг?

— Просто крикнул: «Бабах! Наповал!»

— И Квотермейна — так же?!

— Квотермейна?

— Ты ему ногу сломал! Везде поспел, Дуг!

— Никому я ногу не ломал. Это мой велик...

— Нет, машина какая-то! Я сам слышал, как старикашка Кел орал, когда его волокли домой: «Адская машина!» Что еще за адская машина, Дуг?

Мысленным взором Дуглас увидел, как велосипед на полном ходу врезается в Квотермейна и подбрасывает его в воздух, а он, Дуглас, дает деру под старческие вопли.

— Дуг, а почему ты ему обе ноги не переломал, раз уж обзавелся адской машиной?

— Чего?

— Покажешь, как это делается, Дуг? А можно твою машину настроить так, чтоб она кромсала на тысячу кусочков?

Дуг вгляделся в лицо Чарли, заподозрив насмешку, но физиономия приятеля была чиста, как церковный алтарь, озаренный святым духом.

— Дуг,— захлебывался он,— ну, Дуг, ты — супер!

— Ясное дело,— согласился Дуглас, потеплев перед этим алтарем.— Квотермейн попер на меня, я попер на него и на гадский попечительский совет, а после доберусь и до городских заправил: до мистера Блика, до мистера Грея и всех этих тупых стариков, которые обсели наш овраг.

— А поглядеть-то можно, как ты будешь их давить?

— Что? Ну да, конечно. Только прежде нужно все спланировать, сколотить армию.

— Прямо сегодня, Дуг?

— Завтра...

— Нет, давай сегодня! Хоть умри! Ты будешь капитаном.

— Генералом!

— Ладно, будь по-твоему. Сейчас наших соберу. Пусть услышат своими ушами! Встречаемся у моста через овраг, ровно в восемь! Ну, дела!

— Под окнами не ори,— напомнил Дуг.— Каждому оставь на крыльце тайное сообщение. Это приказ!

— Понял!

Чарли с гиканьем умчался прочь. Дуглас почувствовал, как его сердце тонет в тепле запоздалого лета. У него в голове, в мускулах и кулаках зрела власть. Столько всего за один день! Был заурядный троечник, а теперь — генерал!

Так, кому тут сломать ногу? Кому заткнуть метроном? Он судорожно глотал летний воздух.

Все огненно-розовые окна умирающего дня смотрели на этого супербандита, который вышагивал в их ослепительном свете, с суровой улыбкой двигаясь навстречу фортуне, навстречу восьми часам, навстречу сбору великой Гринтаунской конфедерации и всем тем, кто поет у костра: «Станем лагерем, ребята, разобьем палатки...»

Эту песню, решил он, мы споем трижды.

ГЛАВА 9

На чердаке Дуг с Томом устроили штаб. Из перевернутого ящика получился генеральский стол; адъютант стоял навытяжку, ожидая приказов.

— Бери блокнот, Том.
— Есть.
— Карандаш «Тайкондерога»?
— Есть.
— Мною утвержден личный состав Великой армии Республики. Записывай. Уилл, Сэм, Чарли, Бо, Пит, Генри, Ральф. Да, и еще ты, Том.
— На кой нам этот список, Дуг?
— Каждому будет дано особое поручение. Время не ждет. Первым делом следует решить, сколько у нас будет капитанов и сколько лейтенантов. Генерал — один. Это я.
— Правильно, Дуг. Всех надо занять делом.
— Первые трое по списку — капитаны. Следующие трое — лейтенанты. Остальные — разведчики.

— Разведчики, говоришь?

— По-моему, это самое лучшее звание. Ползаешь по-пластунски, ведешь слежку, потом являешься с донесением.

— Круто! Я тоже хочу в разведчики.

— Постой. Давай-ка всех произведем в капитаны и лейтенанты, чтобы не было раздоров, а то проиграем войну, не успев начать. Просто некоторые будут заодно ходить в разведку.

— Отлично, Дуг, вот, готово.

Дуг пробежал глазами список.

— Теперь нужно определить первоочередные задачи.

— Пусть разведчики добудут сведения.

— Решено, Том. Будешь командиром разведчиков. После вечерней поверки в овраге...

Заслышав эти слова, Том сурово покачал головой.

— В чем дело?

— Слышь, Дуг, можно, конечно, и в овраге, но я знаю местечко получше. Кладбище. Чтоб каждый помнил, куда попадет, если будет хлопать ушами.

— Неплохо придумано, Том.

— Так вот. Я пойду в разведку и оповещу наших. Сбор у моста, затем передислокация на кладбище, так?

— Молодчина, Том.

— Всегда был таким,— сказал Том.— Всегда был таким.

Убрав карандаш в карман куртки и спрятав пятипенсовый блокнот за пояс комбинезона, он отдал честь командиру.
— Разойдись!
И Том убежал.

ГЛАВА 10

На всем зеленом пространстве старого кладбища теснились надгробные камни, а на камнях читались имена. Не только имена людей, погребенных под травой и цветами, но еще имена времен года. Весенний дождь начертал здесь тихие, невидимые письмена. Летнее солнце отбелило гранит. Осенний ветер смягчил очертания букв. А снег отпечатал свою холодную ладонь на зимнем мраморе. Но сейчас, среди дрожащих теней, времена года только и могли, что бесстрастно выкликать послания имен: «ТАЙСОН!» «БОУМЕН!» «СТИВЕНС!»

Дуглас перепрыгнул через «ТАЙСОНА», поплясал на «БОУМЕНЕ», покружил вокруг «СТИВЕНСА».

На кладбище было прохладно от старых смертей и еще от старых камней, что появились на свет в горах далекой Италии, откуда были доставлены по морю и возложены на этот зеленеющий подземный город, под небом, чересчур ярким в летние месяцы и чересчур тоскливым — в зимние.

Дуглас осмотрелся. Вся территория кишела древними страхами и проклятиями. Его окружала Великая армия, а он смотрел, не запутались ли, часом, в кронах высоких тополей и вязов перепончатые крылья, поднятые вверх могучими воздушными потоками. Виделось ли его солдатам то же самое? Было ли им слышно, как осенние каштаны по-кошачьи мягко прыгают с веток на жирную землю? Правда, сейчас все вокруг притихло в заповедных голубых сумерках, которые блестками света пометили на могильных плитах те места, куда некогда опускались едва появившиеся на свет желтые бабочки, чтобы набраться сил и обсушить крылышки.

По приказу Дугласа внезапно оробевшие вояки продвинулись вглубь тишины и завязали ему глаза платком-банданой; на лице остался только рот, улыбающийся сам себе.

Наткнувшись на ближайшее высокое надгробие, Дуг обхватил его руками, пробежал пальцами по камню, будто по струнам арфы, и зашептал:

— «Джонатан Силкс. Тысяча девятьсот двадцатый. Пулевое ранение». Идем дальше: «Уилл Колби. Тысяча девятьсот двадцать первый. Грипп».

Он слепо блуждал из стороны в сторону и нащупывал высеченные глубоко в камне позеленевшие, замшелые имена, и дождливые годы, и старинные игры, родом из забытых Дней поминовения, когда его тетки поливали слезами траву и шуршали словами, как деревья в бурю.

Дуг назвал тысячу имен, опознал десять тысяч могильных цветов, десять миллионов раз сверкнул острым заступом.

— Воспаление легких, подагра, чахотка, заворот кишок. Такая у них была подготовка, — сказал Дуг. — Тренировались перед смертью. А ведь это дурацкое занятие — лежать в земле, сложа руки, согласны?

— Послушай-ка, Дуг, — смущенно выговорил Чарли. — Мы сюда пришли армию сколотить, а теперь мертвякам кости перемываем. До Рождества еще миллиард лет пройдет. Времени — вагон, что хочешь, то и делай, но не помирать же! Я, например, сегодня утром проснулся и говорю себе: Чарли, до чего же классно — жить! Живи да радуйся!

— Ты, Чарли, рассуждаешь, как тебя всю жизнь учили!

— Я что, морщинами пошел? Желтый стал, как собаками обгаженный? Может, мне уже не четырнадцать лет, а пятнадцать или двадцать? Ну, говори!

— Ты все испортишь, Чарли!

— Да мне побоку. — Чарли расплылся в улыбке. — Конечно, все люди умирают, но когда придет моя очередь, я скажу: нет уж, спасибочки. Вот ты, Бо, собираешься помирать? А ты, Пит?

— Еще чего!

— И я не собираюсь!

— Усек? — Чарли повернулся лицом к Дугу.— Пусть мухи дохнут, а мы не хотим. До поры до времени заляжем в тени, как гончие псы. Не кипятись, Дуг.

Засунутые в карманы руки Дугласа, сгребая пыль, оловянные биты и кусочек мела, сжались в кулаки. В любую минуту Чарли мог сдернуть, а за ним и вся банда, как тявкающая собачья свора, умчится куда глаза глядят сквозь темнеющие заросли дикого винограда и даже букашки не прихлопнет.

Недолго думая он принялся выводить мелом имена на могильных плитах: ЧАРЛИ, ТОМ, ПИТ, БО, УИЛЛ, СЭМ, ГЕНРИ, РАЛЬФ, а потом отошел в сторонку, чтобы каждый мог найти себя на мраморной поверхности, в осыпающейся меловой пыли, под ветвями, сквозь которые летело время.

Мальчишки остолбенели; не говоря ни слова, они долго-долго разглядывали непрошеные меловые штрихи на холодном камне. Наконец послышались робкие шепотки.

— Ни за что не умру! — заплакал Уилл.— Я буду драться!

— Скелеты не дерутся,— возразил Дуглас.

— Без тебя знаю! — Заливаясь слезами, Уилл бросился к надгробию и начал стирать мел.

Остальные не шевельнулись.

— Конечно,— заговорил Дуглас,— в школе нам будут твердить: вот здесь у вас сердце, с ним может случиться инфаркт! Будут трендеть про всякие вирусы, которых даже увидеть нельзя! Будут командовать: прыгни с крыши, или зарежь человека, или ложись и умирай.

— Нет уж,— выдохнул Сэм.

Уходящее солнце теребило слабыми пальцами последних лучей необъятный кладбищенский луг. В воздухе уже мельтешили ночные бабочки, а журчание кладбищенского ручья рождало лунно-холодные мысли и вздохи; тут Дуглас вполголоса закончил:

— Ясное дело, кому охота лежать в земле, где и жестянки не пнуть? Вам это нужно?

— Скажешь тоже, Дуг...

— Вот и давайте бороться! Мы же видим, чего от нас хотят взрослые: расти, учись врать, мошенничать, воровать. Война? Отлично! Убийство? Здорово! Нам никогда не будет так классно, как сейчас. Вырастешь — станешь грабителем и поймаешь пулю, или еще того хуже: заставят тебя ходить в пиджаке, при галстуке, да и сунут за решетку Первого национального банка! У нас один выход — остановиться! Не выходить из этого возраста. Расти? Не больно хотелось! Вырастешь — надо жениться, чтобы тебе каждый день скандалы закатывали! Так что: сопротивляемся или нет? Готовы слушать, если я вам расскажу, как от этого спастись?

— А то! — сказал Чарли.— Валяй!

— Итак,— начал Дуг,— прикажите своему организму: кости, чтобы ни дюйма больше! Замрите! И вот еще что. Хозяин этого кладбища — Квотермейн. Ему только на руку, если мы здесь ляжем в землю — и ты, и ты, и ты! Но мы его достанем. И всех прочих стариканов, которые заправляют у нас в городе! До Хэллоуина осталось всего ничего, но мы и ждать не будем: покажем им, где раки зимуют! Хотите стать как они? А знаете, как они такими стали? Ведь все до единого были молодыми, но лет этак в тридцать, или в сорок, или в пятьдесят начали жевать табак, а от этого пропитались слизью и не успели оглянуться, как эта слизь, клейкая, тягучая, стала выходить наружу харкотиной, обволокла их с головы до ног — сами знаете, видели, во что они превратились: точь-в-точь гусеницы в коконах, кожа задубела, молодые парни превратились в старичье, им самим уже не выбраться из этой коросты, точно говорю. Старики все на одно лицо. Вот и получается: коптит небо такой старый хрен, а внутри у него томится молодой парень. Может, конечно, кожа вскорости растрескается, и старик выпустит молодого на волю. Но тот уже никогда не станет по-настоящему молодым: получится из него этакая бабочка «мертвая голова»; хотя, если пораскинуть мозгами, старики молодых не отпустят, так что молодым никогда не выйти из липкого кокона, только и будут всю жизнь на что-то надеяться. Дело дрянь, согласны? Хуже некуда.

— А ты откуда знаешь, Дуг? — спросил Том.

— Во-во,— подхватил Пит.— Сам-то понял, чего сказал?

— Пит просто хочет знать наверняка, чтоб без обмана,— уточнил Бо.

— Объясняю еще раз,— сказал Дуг.— Слушайте ухом, а не брюхом. Записываешь, Том?

— А как же.— Том занес карандаш над блокнотом.— Поехали.

В сгущающейся мгле, среди запаха травы, и листьев, и увядших роз, и холодного камня, слушатели вскинули головы, пошмыгали носами и утерли щеки рукавами.

— Так вот,— сказал Дуг.— Повторяю. Глазеть на эти могилы — бесполезняк. Нужно подслушивать под открытыми окнами, чтобы узнать, чего эти старперы боятся больше всего. Том, ты притащишь тыквы из бабушкиной кладовки. Устроим соревнование: кто вырежет самую страшную рожу. Одна тыква должна смахивать на старика Квотермейна, другая — на Блика, третья — на Грея. Зажгите внутри по свечке и выставьте на улицу. Прямо сегодня ночью и провернем нашу первую операцию с тыквами. Вопросы есть?

— Вопросов нет! — дружно прокричали все.

Они перемахнули через «УАЙТА», «УИЛЬЯМСА» и «НЕББА», устроили опорные прыжки через «СЭМЮЕЛСА» и «КЕЛЛЕРА», со скрипом распахнули кованую калитку и оставили позади сырой дерн, заплутавшие лучи солнца и неиссякаемый ручей под горкой. Следом увязалась туча серых мотыльков, но у калитки они отстали, а Том вдруг помедлил, смерив брата осуждающим взглядом.

— Дуг, что ты там наплел про эти тыквы? У тебя мозги набекрень, честное слово!

— Разговорчики! — Дуг остановился, развернувшись к нему лицом, хотя все остальные мчались что есть духу от этого места.

— Может, хватит? Гляди, что ты наделал. Сгоношил ребят, а теперь запугиваешь. От таких речей вся армия разбежится. Надо сплотить наши ряды. Каждому дать задание, иначе все разбредутся по домам и больше не выйдут, а то и вовсе спать завалятся. Придумай что-нибудь, Дуг. Без этого нельзя.

Подбоченясь, Дуг в упор смотрел на Тома:

— Выходит, ты у нас теперь генерал, а я — последний рядовой?

— О чем ты, Дуг?

— Мне уже почти четырнадцать, а тебе — еле-еле двенадцать, но ты мной командуешь, будто сто лет прожил, да еще поучаешь. Неужели у нас все так паршиво?

— Паршиво, говоришь? Да у нас все прахом пошло. Смотри, как ребята драпают. Догоняй-ка и придумай что-нибудь дельное, пока бежишь до главной площади. Армию надо обновить. Дай нам толковое задание, а то придумал, надо же: тыквы резать! Шевели мозгами, Дуг, соображай!

— Соображаю.— Дуглас закрыл глаза.

— Ну, тогда вперед! Беги, Дуг. Я за тобой.

И Дуг сорвался с места.

ГЛАВА 11

На городской окраине, неподалеку от школы, была дешевая кондитерская, где в соблазнительных ловушках прятались отравленные сладкие приманки.

Дуг остановился, пригляделся, подождал Тома и крикнул:

— Сюда, ребята! Заходим!

Мальчишки так и замерли — ведь он добавил название лавчонки, поистине волшебный звук.

Но по знаку Дуга все подтянулись к дверям и стали входить по одному, выстроившись в затылок, как и подобает обученной армии.

Последним зашел Том, заговорщически улыбнувшись Дугу.

Там был мед в сотах из теплого африканского шоколада. В янтарных сокровищницах застыли бразильские орехи нового урожая, миндаль и глазированные снежные гроздья кокосовой стружки. Темные сахарные слитки вобрали в себя июньское масло и августовскую пшеницу. Все это было завернуто в серебристую фольгу, а сверху замаскировано красными и синими обертками, на которых указывался только вес, состав и производитель. Яркими букетиками пестрели конфетные россыпи: карамель, чтобы склеивались зубы, лакрица, чтобы чернело сердце, жевательные бутылочки с тошнотворным ментолом и земляничным сиропом, трубочки «тутси» в форме сигар и мятно-сахарные сигареты с красными кончиками — на случай холодного утра, когда дыхание клубится в воздухе.

Стоя посреди лавки, ребята глазели на яства, что жуются с хрустом, и фантастические напитки, что проглатываются залпом. В голубовато-ледяной, колючей воде холодильного шкафа плыли, как по течению Нила, бутылки с шипучкой цвета спелой хурмы. Над ними, на стеклянных полках, штабелями высились имбирное, миндальное и шоколадное печенье, полукруглые вафли и зефир в шоколаде, белый сюрприз под черной маской. И все это — специально, чтобы обложило язык и прилипло к нёбу.

Дуг вытащил из кармана несколько монеток и кивнул приятелям.

Один за другим, прижав носы к стеклу и затуманивая дыханием хрустальный шкаф, они стали выбирать сладкие сокровища.

Прошло совсем немного времени — и все уже мчались по проезжей части к оврагу, унося с собой лимонад и сладости.

Когда армия была в сборе, Дуг опять кивнул, дав знак спускаться по склону. С противоположной стороны, на высоком берегу оврага маячили стариковские дома, омрачающие солнечный день угрюмыми тенями. А еще выше — Дуг приложил ладонь козырьком и вгляделся повнимательнее — громадой выделялся дом с привидениями.

— Я вас не зря сюда привел,— сказал Дуг.

Том ему подмигнул и щелчком откупорил бутылку.

— Будем тренировать волю, чтобы стать настоящими бойцами. Показываю,— отчеканил он, вытягивая руку с лимонадной бутылкой.— Ничему не удивляйтесь. Выливаем!

— Вообще уже! — Чарли Вудмен постучал себя по лбу.— Это ж у тебя крем-сода, Дуг, вкуснотища! А у меня — апельсиновый краш!

Дуг перевернул свою бутылку вверх дном. Крем-сода с шипением влилась в прозрачный ручей, который стремительно понес ее в озеро. Мальчишки остолбенели при виде этого действа.

— Хочешь, чтобы из тебя испариной выходил апельсиновый краш? — Дуглас выхватил у Чарли бутылку.— Хочешь, чтобы у тебя плевки были из крем-соды, хочешь пропитаться отравой, от которой никогда не очиститься? Когда вырастешь, назад уже не врастешь, воздух из себя иголкой не выпустишь.

Страдальцы мрачно опрокинули бутылки.

— Пусть раки травятся.— Чарли Вудмен швырнул бутылку о камень.

Остальные последовали его примеру, как немцы после тоста; стекло брызнуло сверкающими осколками.

Потом они развернули подтаявшие шоколадки, марципаны и миндальные пирожные. Все облизнулись, у всех потекли слюнки. Но глаза были устремлены на генерала.

— Торжественно клянусь: отныне — никаких сладостей, никакого лимонада, никакой отравы.

Дуглас пустил по воде шоколадный батончик, как покойника на морских похоронах.

Бойцам не было позволено даже облизать пальцы.

Прямо над оврагом им встретилась девчонка, которая ела мороженое — сливочный рожок. От такого зрелища языки высунулись сами собой. Девчонка слизнула холодный завиток. Бойцы зажмурились. А ей хоть бы что — уплетала себе рожок да еще улыбалась. На полудюжине лбов проступил пот. Лизни она еще хоть раз, высунься из девчоночьего рта этот аккуратный розовый язычок, коснись он холодного сливочного пломбира — и мятеж в рядах армии был бы неминуем. Набрав полную грудь воздуха, Дуглас гаркнул:

— Брысь!

Девчонка отпрянула и пустилась наутек.

Выждав, пока не улеглись страсти по мороженому, Дуглас негромко произнес:

— У моей бабушки всегда наготове вода со льдом. Шагом марш!

II
ШАЙЛО И ДАЛЕЕ

ГЛАВА 12

Келвин Си Квотермейн был таким же длинным и напыщенным, как его имя.

Он не ходил, а шествовал.

Не смотрел, а созерцал.

Не разговаривал, а выстреливал суждения, беспощадно поражая любую близкую мишень.

Он изрекал и вещал, никого никогда не хвалил и всех поливал презрением.

В данный момент он изучал микробов сквозь линзы своих очков в тонкой золотой оправе. Микробами, подлежащими уничтожению, были мальчишки. В особенности один.

— Велосипед, силы небесные, проклятый голубой велосипед. Больше там ничего не было!

Квотермейн даже зарычал, брыкнув здоровой ногой.

— Гаденыши! Брейлинга прикончили! А теперь за мной охотятся!

Дородная сестра милосердия удерживала его поперек живота, как деревянного индейца из табачной лавки, пока доктор Либер накладывал гипс.

— Господи! Какой же я болван! Ведь Брейлинг упомянул метроном. Боже мой!

— Полегче, у вас нога сломана!

— Велосипед ему не поможет! Меня и адской машиной не возьмешь, вот так-то!

Сестра милосердия сунула ему в рот таблетку.

— Все хорошо, мистер Си, все хорошо.

ГЛАВА 13

Ночь; лимоннокислый дом Келвина Си Квотермейна; хозяин, давно выписанный из больницы, лежит в собственной постели — а его молодость тем временем пробила панцирь, выскользнула между ребрами, покинула старческую оболочку и затрепетала на ветру.

Когда по воздуху пробегали шумы летней ночи, у Квотермейна резко дергалась голова. Прислушиваясь, он извергал ненависть:

— Господи, порази огнем этих выродков!

А сам думал, покрываясь холодной испариной: «Брейлинг отчаянно старался сделать их людьми, но потерпел поражение, зато я возьму верх. Боже, что ж там делается?»

Он поднял глаза туда, где намедни полыхнула огнестрельная вспышка, в одночасье взорвавшая их жизнь в конце одного запоздалого лета, соединившего в себе капризы погоды, слепоту небес и нежданное чудо — жить и дышать среди этого водоворота безумных событий. Боже милосердный!

Кто командовал этим парадом и куда его вел? Будь бдителен, Господи! Барабанщики убивают капитана.

— Должны же быть и другие вроде меня,— шептал он в сторону распахнутого окна.— Те, кому сейчас не дают покоя мысли об этих негодяях!

Он явственно ощущал, как дрожат далекие тени — такие же насквозь проржавевшие железные старики, что прячутся в своих высоких башнях, чавкают жидкой кашей и ломают на кусочки сухие галеты. Надо бросить им клич, и его тревога зарницей пролетит по небу.

— Телефон,— выдохнул Квотермейн.— Давай, Келвин, собирай своих!

Из темного палисадника донеслись какие-то шорохи.

— Это еще что? — прошептал он.

Мальчишки сгрудились внизу, в темных глубинах травы. Дуг и Чарли, Уилл и Том, Бо, Генри, Сэм, Ральф и Пит — все присматривались к высокому окну Квотермейновой спальни.

У них были с собой три мастерски вырезанные, устрашающие тыквы. Не выпуская их из рук, мальчишки начали расхаживать по тротуару, а голоса взмывали вверх среди освещенных звездами деревьев, становясь все громче:

— Черви в череп заползают, черви череп проедают.

Лето, прощай

Скрюченные, веснушчато-пергаментные пальцы Квотермейна вцепились в телефонную трубку.

— Блик!

— Квотермейн? Тебе известно, который час?

— Погоди! Ты слышал, что случилось с Брейлингом?

— Так я и знал: когда-нибудь его застукают без часов.

— Сейчас не время острить!

— Да будь он неладен со своими хронометрами; они у него тикали на весь город. Уж коли висишь на краю могилы, так прыгай. И мальчишку с пугачом не впутывай. Что ж теперь прикажешь делать? Пугачи запрещать?

— Блик, ты мне нужен!

— Все мы друг другу нужны.

— Брейлинг был секретарем попечительского совета. А я — председатель! Наш треклятый город наводнён потенциальными убийцами.

— Квотермейн, любезнейший,— сухо произнес Блик,— ты мне напомнил анекдот про главного врача психиатрической лечебницы, который сетовал, что пациенты посходили с ума. Неужели ты не знал, что все мальчишки — паразиты?

— Таких надо наказывать!

— Жизнь накажет.

— Эти безбожники окружили мой дом и затянули похоронную песню!

— «Черви в череп заползают»? Я и сам в детстве обожал эту песенку. Ты-то помнишь себя десятилетним? Возьми да позвони их родителям.

— Этим недоумкам? В лучшем случае они скажут своим чадам: «Оставьте в покое вредного старикашку».

— Почему бы не принять закон, чтобы всем сразу стукнуло семьдесят девять? — По телефонным проводам побежала ухмылка Блика.— У меня самого два десятка племянников, которые на стенку лезут, когда я намекаю, что собираюсь жить вечно. Очнись, Кел. Мы ведь меньшинство, как чернокожие или вымершие хетты. Наша страна хороша для молодых. Единственное, что мы можем сделать, — дождаться, пока этим садистам исполнится девятнадцать, и тут же отправить их на войну. В чем их преступление? В том, что они лопаются от лимонада и весеннего дождя. Запасись терпением. Пройдет совсем немного времени — и они будут ходить с инеем в волосах. Отомстить всегда успеешь.

— Поможешь ты мне или нет, черт тебя побери?

— Ты имеешь в виду выборы в попечительский совет? Помогу ли я тебе собрать Гвардию старых перечников имени Квотермейна? Я буду наблюдать из-за боковой и время от времени отдавать свой голос за вас, бешеных псов. Сократить летние каникулы, урезать зимние, отменить весенний парад воздушных змеев — таковы ваши планы, правильно я рассуждаю?

— По-твоему, у меня помрачение рассудка?

— Нет, всего лишь замедленная реакция. Вот я, к примеру, разменяв шестой десяток, сразу сообразил, что влился в ряды лишних людей. Мы, конечно, не африканцы, Квотермейн, и даже не язычники-азиаты, но мы помечены клеймом седины, а руки у нас покрыты ржавчиной, хотя еще недавно были гладкими и чистыми. Терпеть не могу того субъекта, чья растерянная одинокая физиономия глядит на меня по утрам из зеркала. А что со мной творится при виде хорошеньких женщин, боже мой! Меня охватывает неистовство. Такой весенний сумбур в мыслях смутил бы даже мумию фараона. Короче говоря, в разумных пределах можешь на меня рассчитывать, Кел. Спокойной ночи.

Два телефона щелкнули одновременно. Квотермейн высунулся из окна. Под луной стояли тыквы, мерцающие жутким октябрьским светом.

«Откуда, хотелось бы знать, у меня такое ощущение, — спросил он сам себя, — будто первая тыква похожа на меня, вторая смахивает на Блика, а третья — вылитый Грей? Нет, нет. Быть такого не может. Господи, где бы мне отыскать метроном Брейлинга?»

— Вон отсюда! — прокричал он в темноту.

Подхватив костыли, Квотермейн с усилием поднялся с кресла, еле-еле спустился по лестнице, допрыгал до веранды и кое-как добрался до тротуара, где подмигивали стоящие рядком тыквенные головы.

— Ну и ну, — забормотал он. — Впервые в жизни вижу такие гнусные, омерзительные тыквы! Ну, держитесь!

Он замахнулся костылем и сплеча рубанул оранжевую голову, потом вторую и третью; свечки, мерцавшие сквозь прорези, угасли.

Попятившись, чтобы сподручнее было рубить, кромсать и полосовать, он рассек каждую тыкву на части, да так, что наружу брызнули семечки, а клочки рыжей плоти разлетелись во все стороны.

— Эй, кто-нибудь! — позвал он.

Его экономка в смятении выскочила из дому и ринулась через обширный газон.

— Не поздно ли будет, — громогласно осведомился Квотермейн, — затопить печку?

— Затопить печку, мистер Кел?

— Да, затопить распроклятую печку. Доставайте противни. У вас есть рецепт тыквенного пирога?

— Как не быть, мистер Кел.

— Тогда собирайте эти ошметья. Заказываю обед на завтра: «Сплошные десерты!»

Квотермейн развернулся и на костылях взобрался по лестнице.

ГЛАВА 14

Внеочередное заседание Гринтаунского муниципального комитета по образованию должно было начаться с минуты на минуту.

Кроме Келвина Си Квотермейна присутствовали еще двое: Блик и мисс Флинн, секретарь-референт.

Квотермейн указал на столик с пирогами.

— Что это такое? — удивились двое других.

— Триумфальный завтрак, а может, обед.

— На мой взгляд, это пироги, Квотермейн.

— А что же еще, дурная твоя голова! Пир победителей, вот что это такое. Мисс Флинн?

— Да, мистер Кел?

— Внесите в протокол. Сегодня перед заходом солнца я сделаю несколько заявлений над оврагом.

— А именно?

— «Слушайте меня, подлые бунтари. Война не окончена: вы не сдались, но и не победили. Похоже, все решит случай. Готовьтесь, октябрь будет долгим. Вы у меня на крючке. Берегитесь».

Квотермейн умолк, закрыл глаза и сжал пальцами виски, будто старался что-то вспомнить.

— Ага, вот. Незабвенный полковник Фрилей. Нам требуется полковник. Когда Фрилей был произведён в полковники?

— Сразу как Линкольна застрелили.

— Так-так. Кто-то из нас должен стать полковником. Им буду я. Полковник Квотермейн. Как на ваш слух?

— Весьма достойно, Кел, весьма достойно.

— А раз так — отставить разговоры и приступить к пирогам.

ГЛАВА 15

На веранде у Дуга с Томом ребята расселись в кружок. В голубой краске потолка отражалась голубизна октябрьского неба.

— Трам-тарарам...— начал Чарли,— прямо не знаю, как сказать, Дуг, но мне жрать охота.

— Чарли! Ты не о том думаешь!

— Я как раз о том думаю,— возразил Чарли.— Земляничный пирог, а сверху — огроменное белое облако взбитых сливок.

— Том,— потребовал Дуглас,— загляни-ка в блокнот: что сказано в уставе насчет измены?

— С каких это пор мысли о пироге считаются изменой? — Чарли поковырял в ухе и с преувеличенным интересом стал разглядывать комочек воска.

— Не мысли, а разговоры.

— Да я с голодухи ноги протяну! — сказал Чарли.— И у других на уме то же самое — того и гляди, кусаться начнем. Не катит твоя затея, Дуг.

Дуг обвел глазами своих солдат, словно подначивая их заныть вместе с Чарли.

— У моего деда есть книга, где написано, что индусы могут голодать по девяносто дней. Так что успокойся. После первых трех суток уже все нипочем!

— А у нас сколько прошло? Том, глянь-ка на часы. Сколько прошло?

— Ммм, один час и десять минут.

— Обалдеть!

— Что значит «обалдеть»? Нечего смотреть на часы! Смотреть надо в календарь. Любой пост длится семь суток!

Они еще немного посидели в молчании. Потом Чарли спросил:

— Том, а теперь сколько прошло?

— Не говори ему, Том!

Том важно сверился с часами:

— Один час и двенадцать минут!

— Кранты! — Чарли скривился.— У меня брюхо к спине прилипло. Всю жизнь буду питаться через трубочку. А вообще-то я уже умер. Известите родных и близких. Передайте, что я их любил.

Закатив глаза, он откинулся на дощатый пол.

— Два часа,— в скором времени сообщил Том.— Целых два часа голодаем, Дуг. Не хухры-мухры! Нам бы еще после ужина проблеваться — и, считай, дело сделано.

— Ох,— подал голос Чарли,— чувствую себя как у зубодера, когда он мне укол всадил. Все онемело! У ребят просто кишка тонка, а то бы они тоже тебе сказали, что пухнут с голоду. Точно я говорю, парни? Сейчас бы сырку! Да с крекерами!

Раздался общий стон.

Чарли не унимался:

— И жареную курочку!

Все взвыли.

— И ножку индейки!

— Вот видишь.— Том ткнул Дуга в локоть.— Всех до судорог довел! И где же твой переворот?

— Еще один день!

— А потом?

— Сухой паек.

— Пирог с крыжовником, яблочное пюре, сэндвичи с лучком?

— Завязывай, Чарли.

— Булка с виноградным джемом!

— Заткнись!

— Не дождетесь, сэр! — фыркнул Чарли.— Сорвите с меня шевроны, генерал. Первые десять минут все шло как по маслу. А теперь у меня в животе бульдог мечется. Пойду-ка я домой, сяду как человек, положу себе полторта с бананами, пару бутербродов с ливерной колбаской. Лучше уж загремлю под фанфары из вашей долбаной армии, но, по крайней мере, останусь жив, а не усохну, как мумия, на каких-то объедках.

— Чарли,— взмолился Дуг,— ты же у нас в штабе — правая рука.

Залившись краской, Дуг вскочил и сжал кулаки. Это было поражение. Хуже некуда. Разработанный план у него на глазах пошел прахом, и великий переворот сорвался.

В это мгновение городские часы начали бить полдень, и протяжный металлический бой спас положение, потому что Дуг бросился к перилам и стал смотреть в сторону главной площади, на этот неприступный железный монумент, а потом и на зеленый сквер, где по обыкновению старики просиживали за шахматными досками.

У него на лице мелькнула отчаянная догадка.
— Постойте-ка,— пробормотал он и выкрикнул в полный голос: — Шахматные доски! Одно дело — испытание голодом, и оно пойдет нам на пользу, но теперь я вижу настоящую цель. Вот там, у здания суда, эти гнусные старикашки играют в шахматы.

Мальчишки недоуменно заморгали.
— Как же так?
— Да, как же так? — эхом повторили остальные.

— У них на шахматной доске — мы с вами! — воскликнул Дуглас.— Мы для них — шахматные фигуры! Старичье может нами двигать хоть по прямой, хоть по косой. Почем зря гоняют нас по шахматной доске.

— Дуг,— произнес Том,— ты у нас голова!

Бой часов умолк. Наступила глубокая, дивная тишина.

— Что ж,— выдохнул Дуглас.— Наверное, теперь каждому ясно, что делать дальше!

ГЛАВА 16

В зеленом сквере, под мраморной сенью здания суда, у громады часовой башни ожидали шахматные столики.

И хотя серое небо робко предрекало морось, стариковские руки разложили дюжину шахматных досок. Две дюжины седых голов склонились над черно-красными театрами военных действий. Пешки и ладьи, кони, ферзи и короли вздрогнули и сошли с мест, а королевства стали рушиться на глазах.

Каждый ход пестрел бликами от листвы деревьев; старики, шамкая впалыми ртами, поглядывали друг на друга то с прищуром, то с холодком, то с ухмылкой. Их беседа шуршала и шелестела вблизи памятника жертвам Гражданской войны.

Дуглас Сполдинг подкрался незамеченным и, выглядывая из-за памятника, пристально следил за движением фигур. Приятели сгрудились у него за спиной. Поначалу они тоже смотрели во все глаза, но вскоре начали по одному пятиться назад и сонливо опускаться на траву. Дуг шпионил за стариками, а те часто, по-собачьи, дышали над своими досками. Их руки подрагивали. Снова и снова.

Обернувшись к своему воинству, Дуглас зашептал:

— Смотрите! Вот тот офицер — это ты, Чарли! А король — я! — Тут он резко дернулся.— Ай, за меня взялся мистер Уибл! На помощь! — Он вытянул перед собой одеревеневшие руки и застыл как вкопанный.

Мальчишки вытаращили глаза. Кто-то схватил его за руки.

— Дуг, мы тебя не отдадим!

— Кто-то меня тащит! Это мистер Уибл!

— Проклятый Уибл!

Тут сверкнула молния, прогремел гром и хлынул дождь.

— Вот это да! — вырвалось у Дуга.— Глядите!

Стихия затопила площадь перед зданием суда, и старики повскакали с мест, забыв про шахматы, сбитые потоками ливня.

— Айда, ребята! Хватайте кто сколько может! — скомандовал Дуг.

Хищной стаей они ринулись вперед, на шахматные фигуры.

Опять была молния, опять был гром.

— Живей! — кричал Дуг.

В третий раз сверкнула молния, а они, толкаясь, хватали фигуры.

Шахматные доски опустели.

Тогда мальчишки остановились и стали смеяться над стариками, которые спасались от дождя под кронами деревьев.

А потом сами, как обезумевшие летучие мыши, помчались искать укрытие.

ГЛАВА 17

— Блик! — рявкнул Квотермейн в телефонную трубку.

— Кел?

— Представляешь, они сперли шахматные фигуры, которые нам прислали из Италии в год убийства Линкольна. Хитрые бестии! Жду тебя сегодня вечером. Нужно продумать контрнаступление. Сейчас еще Грею позвоню.

— Грею не до того: он умирает.

— Ну, знаешь ли, сколько его помню, он все умирает! Что ж, обойдемся своими силами.

— Стоит ли пороть горячку, Кел? Невелика важность — шахматные фигуры.

— Но они дороги нам как память, Блик! Тут пахнет мятежом.

— Купим новые.

— Право слово, с тобой говорить — что с покойником. Придется все-таки звонить Грею, пусть отложит свою кончину еще на сутки.

У Блика вырвался негромкий смешок.

— В котел бы их всех, малолетних бунтарей, да сварить на медленном огне, как ты считаешь?

— Будь здоров, Блик.

Не откладывая в долгий ящик, он позвонил Грею. У того было занято. Квотермейн бросил трубку, но тут же снова поднес ее к уху и сделал еще одну попытку. Слушая гудки, он уловил постукивание веток по оконному стеклу — совсем слабое, отдаленное.

«Боже мой,— подумал Квотермейн,— ведь это оно и есть. Предвестие смерти».

ГЛАВА 18

На другом краю оврага, стало быть, высился дом с привидениями.

Откуда было известно, что там обитают привидения?

Так уж говорили. Это всякий знал.

Дом стоял, почитай, сотню лет, и люди толковали: при свете дня — дом как дом, зато ночами творится в нем что-то нехорошее.

Неудивительно, что именно туда и бежали мальчишки, унося свою добычу: впереди всех Дуглас, а Том — замыкающий.

Чтобы спрятаться, лучше места не придумаешь, потому что никто — кроме мальчишечьей своры — на пушечный выстрел не подойдет к дому с привидениями, хоть бы и при свете дня.

Гроза не утихала; надумай кто-нибудь присмотреться к нехорошему дому или наудачу отворить скрипучую дверь, чтобы, миновав затхлую от времени прихожую, подняться по таким же скрипучим ступенькам, — и взору явился бы чердак, загроможденный бесполезными стульями, пропахший старинным составом для чистки бамбуковой мебели, а сейчас захваченный розовощекими мальчишками, которые вбежали сюда под трещотки молний и овации грома; стихия между тем наблюдала сверху, довольная, что так легко заставила ребят перепрыгивать через две ступеньки, хохотать во все горло и рассаживаться в кружок по-турецки на голом полу.

Дуг зажег принесенный с собой огарок свечи и воткнул его в старый стеклянный подсвечник. Вслед за тем из пенькового мешка были по одной извлечены и расставлены все похищенные шахматные фигуры, которые по ходу дела именовались в честь Чарли, Уилла, Тома, Бо и так далее. Каждой из них Дуг кивком определял место, как бойцовской собаке.

— Это ты, Чарли.

Проскрежетала молния.

— Так точно!

— Это ты, Уилли.

Зарокотал гром.

— Так точно!

— А это — ты, Том.

— Как мелочь пузатая — так сразу я,— возмутился Том.— Может, я хочу быть королем.

— А королевой не хочешь? Помолчал бы.

— Молчу,— сдался Том.

Лето, прощай

Дуглас прошёлся по всему списку, и ребята, покрывшись потом, сомкнули круг в ожидании того мгновения, когда новая вспышка молнии плеснёт на них свой электрический свет. Вдалеке откашлялся гром.

— Слушайте! — воскликнул Дуг.— А ведь мы почти у цели! Город, можно считать, взят. Шахматы отныне в наших руках, так что старики больше не смогут нами помыкать. Может, у кого будет задумка покруче?

Задумки покруче ни у кого не было, в чём каждый тут же признался с чистой совестью.

— Я вот чего не понял,— сказал Том.— Как ты вызвал молнию, Дуг?

— Закрой рот и слушай,— оборвал его Дуглас, раздосадованный, что у него выпытывают сверхсекретные данные.— Как вызвал, так и вызвал, только она по моему приказу нагнала страху на этих дряхлых морских волков и ветеранов Гражданской. Прячутся теперь по углам и мрут как мухи. Как мухи.

— Одно плохо,— сказал Чарли.— Шахматы, понятно, в наших руках. Но... я лично сейчас что угодно отдал бы за горячий хот-дог.

— Язык прикуси!

В этот самый миг молния расколола дерево, росшее прямо под чердачным окном. Мальчишки ничком рухнули на пол.

— Дуг! Черт! Прекрати!

Зажмурившись, Дуг прокричал:

— Не могу! Беру свои слова обратно! Я наврал!

Получив некоторую сатисфакцию, гроза с ворчанием удалилась.

Напоследок, словно возвещая прибытие важных гостей, полыхнула далекая молния и прокатился гром; все невольно покосились в сторону лестницы, ведущей вниз.

На первом этаже кто-то невидимый прочистил горло.

Навострив уши, Дуглас приблизился к лестнице и помимо своей воли крикнул в пролет:

— Дедушка, это ты?

— Может быть,— отозвался голос откуда-то снизу.— Вы, ребята, не умеете заметать следы. По всему городу траву примяли. Вот я и отправился за вами: где спросил, где разузнал — и нашел.

Дуглас сглотнул застрявший в горле комок и повторил:

— Дедушка, это ты?

— В городе переполох,— сообщил снизу дед, не показываясь им на глаза.

— Переполох?

— Да вроде того,— подтвердил дедушкин голос.

— Поднимешься к нам?

— Нет,— сказал дедушка.— Сдается мне, это вы сейчас спуститесь. Надо бы повидаться да потолковать о том о сем. А после будет вам наказ, ибо в городе разыскивают похищенное.

— Похищенное?

— У мистера По было такое словцо. Кто забыл, пускай сходит домой и откроет этот рассказ, чтобы освежить память.

— Похищенное...— повторил Дуглас.— Да, вроде было.

— А похищенное — сейчас точно не скажу, что именно,— с расстояния продолжал дедушка,— да это и не важно, только есть у меня мысль, сынок, что похищенное должно вернуться туда, откуда взято. В городе поговаривают, будто уже вызвали шерифа, так что давайте-ка ноги в руки.

Попятившись, Дуглас уставился на приятелей, которые тоже слышали голос и теперь стояли ни живы ни мертвы.

— Больше ничего не скажешь? — окликнул снизу все тот же голос.— Ладно, может, в другой раз. Однако мне пора; ты знаешь, где меня искать. До скорого.

— Ага, хорошо, сэр.

Дуг и все остальные молча слушали, как отдаются эхом от стен нечистого дома дедушкины шаги: через площадку, вниз по лестнице, на крыльцо. И все.

Когда Дуглас обернулся, Том уже держал наготове пеньковый мешок.

— Пригодится, Дуг? — шепотом спросил он.
— Давай сюда.

Вцепившись в кромку, Дуглас начал собирать шахматные фигуры и по одной бросать их в мешок. Первым на дно шмякнулся Пит, за ним Том, за ним Бо и все прочие.

Дуг встряхнул мешок; шахматы загремели, точно старые кости.

В последний раз оглянувшись через плечо на свою армию, Дуг двинулся вниз по ступенькам.

ГЛАВА 19

Дедушкина библиотека представляла собой невероятное сумрачное пристанище, облицованное книгами, а посему там могли случиться — и вечно случались — всякие неожиданности. Достаточно было снять с полки какую-нибудь книжку, раскрыть ее — и сумрак уже не был сумраком.

Здесь-то, водрузив на нос очки в золотой оправе, и устраивался дедушка то с одной книгой на коленях, то с другой и всегда привечал посетителей, которые заглядывали на минутку, а задерживались на час.

Сюда после дневных трудов захаживала даже бабушка, подобно тому как всякая усталая живая тварь идет к водопою, чтобы набраться свежих сил. А дедушка только рад был плеснуть в кружки добрый, чистый Уолденский пруд или аукнуть в бездонный кладезь Шекспира, чтобы потом удовлетворенно слушать эхо.

Здесь бок о бок отдыхали лев и антилопа, здесь шакал превращался в единорога, здесь в субботний полдень можно было застать немолодого отшельника, который, сидя в тени придуманной, а может, и непридуманной ветви, подкреплялся хлебом, замаскированным под сэндвич, и прихлебывал из кувшина домашнее вино.

На краю этого мира в ожидании стоял Дуглас.

— Входи, Дуглас,— сказал дедушка.

И Дуглас вошел, пряча за спиной пеньковый мешок.

— Хотел что-то рассказать, Дуглас?
— Нет, ничего, сэр.
— Так уж и ничего? Ни о чем?
— Ни о чем, сэр.
— Что сегодня поделывал, парень?
— Ничего.
— Совсем ничего или ничего особенного?
— Вроде бы совсем ничего.
— Дуглас.— Протирая очки в золотой оправе, дедушка помолчал.— Знаешь, как люди говорят: признание облегчает душу.
— Ну, говорят.
— Видно, есть в этом здравый смысл: не зря же так говорится.
— Допустим.
— Уж я-то знаю, Дуглас, я-то знаю. Хотел кое в чем признаться?
— В чем? — Дуглас по-прежнему держал мешок за спиной.

— Пытаюсь догадаться. Не подскажешь?

— А ты намекни, дедушка.

— Ну что ж. Нынче над ратушей вроде как разверзлись хляби небесные. По слухам, на лужайку лавиной хлынули мальчишки. Ты, часом, никого из них не знаешь?

— Нет, сэр.

— Может, кто-нибудь из них знает тебя?

— Если я их не знаю, откуда им-то меня знать, сэр?

— Неужто тебе и сказать больше нечего?

— Вот прямо сейчас? Нечего, сэр.

Дед покачал головой.

— Говорил же я тебе, Дуг: мне известно о похищенном. Жаль, что ты упорствуешь. А меня, помню, в твои годы застукали с поличным, когда устроил я одну каверзу; и ведь знал, что пакость, а все равно делал. Да, как сейчас помню.— Дедушкины веки дрогнули за стеклами очков.— Не стану задерживать, парень. Вижу, ты как на иголках.

— Да, сэр.

— Тогда вперед. Дождь не утихает, в небе молнии разбушевались, на площади ни души. А коли на бегу призвать молнию, то, само собой, и управишься в два счета. Смекаешь?

— Да, сэр.

— Вот и славно. Одна нога здесь, другая там.

Дуглас попятился.

— Стоит ли пятиться, сынок,— сказал дед.— Я ж тебе не король на троне. Кругом — и можешь ретироваться по-быстрому.

— Ретироваться. Это из французского пришло, дедушка?

— Не исключено.— Старик потянулся за какой-то книгой.— Как вернешься, так сразу и проверим!

ГЛАВА 20

Незадолго до полуночи Дуг проснулся от жуткой скуки, которую способен навеять только сон.

Тогда, прислушавшись к посапыванию Тома, который впал в глубокую летнюю спячку, Дуг поднял руки и пошевелил пальцами — точь-в-точь камертон; вслед за этим возникло едва ощутимое колебание воздуха. Прямо чувствовалось, как душа продирается сквозь бескрайние дебри.

Босые ноги опустились на пол, и Дуг накренился в южную сторону, чтобы уловить радиоволны от дяди, жившего неподалеку. Не послышался ли ему трубный глас Тантора, что призывал к себе мальчонку, воспитанного обезьянами? И еще: коль скоро прошло уже полночи, провалился ли сидевший за стенкой дедушка — на носу очки, справа Эдгар Аллан По, слева жертвы (подлинные жертвы) Гражданской войны — в дремотную могилу, отрешившись от мира, но вместе с тем как бы ожидая возвращения Дугласа?

Итак, хлопнув в ладоши над головой и пошевелив пальцами, Дуг вызвал одно последнее колебание литературного камертона и по тайному наитию двинулся в сторону дедушкиного и бабушкиного флигеля.

Дедушка позвал кого-то шепотом из своей дремотной могилы.

И Дуг стремительно выскочил за полночную дверь, впопыхах едва не забыв придержать раздвижные створки, чтобы они не грохнули.

Не отзываясь на слоновий рев, доносившийся сзади, он пошлепал к бабушке с дедушкой.

И впрямь, дед покоился в библиотеке, готовый воскреснуть к завтраку и выслушать любые предложения.

Но покамест, в полночь, еще оставалось неосвещенное время для особого курса наук, поэтому Дуглас, наклонившись, прошептал дедушке на ухо:

— Тысяча восемьсот девяносто девятый.

И дедушка, затерявшийся в другом времени, стал вполголоса рассказывать про тот самый год: какова была температура воздуха да как выглядели прохожие на городских улицах.

Вслед за тем Дуглас произнес:

— Тысяча восемьсот шестьдесят девятый.

И дедушка погрузился в те времена, которые настали четыре года спустя после убийства Линкольна.

Дуглас не шевелился, смотрел перед собой и раздумывал: что, если прибегать на такие вот необыкновенные, долгие беседы каждую ночь, этак с полгодика, а еще лучше целый год или даже пару лет — тогда, глядишь, дед прямо так, во сне, мог бы сделаться ему наставником и дать такие познания, о каких никто на свете и мечтать не смеет. Дед, сам того не ведая, стал бы учить его уму-разуму, а он, Дуглас, впитывал бы эту премудрость по секрету от Тома, от родителей и всех прочих.

— На сегодня хватит,— шепнул Дуг.— Спасибо, дедушка, за все твои рассказы во сне и наяву. И отдельное спасибо, что надоумил, как быть с похищенным. Больше ничего говорить не буду. А то еще разбужу тебя ненароком.

С этими словами Дуглас, загрузив себе до отказа голову всем, что смогло войти через уши, оставил деда спать дальше, а сам на цыпочках поспешил к лестнице, ведущей в мезонин, чтобы еще разок оглядеть ночной город под луной.

В это время городские башенные часы, сами похожие на гигантскую, изумленно-гулкую луну в электрическом ореоле, прочистили охрипшее горло и огласили воздух полночным боем.

Раз.

Дуглас устремился вверх по ступенькам.

Два. Три.

Четыре. Пять.

Прильнув к чердачному окошку, Дуглас окинул взглядом океан крыш, сомкнувшийся вокруг могучего исполина часовой башни, а время между тем продолжало вести свой отсчет.

Шесть. Семь.

У него екнуло сердце.

Восемь. Девять.

Все тело сковало льдом.

Десять. Одиннадцать.

С тысяч ветвей посыпался дождь темных листьев.

Двенадцать!

«Вот оно что!» — пронеслось у него в голове. Часы! Как же он раньше не подумал? Конечно часы!

ГЛАВА 21

Последний отзвук гигантских курантов растаял в ночи.

Деревья в саду кланялись ветру; чайного цвета занавеска бледным призраком трепетала в оконном проеме.

У Дугласа перехватило дыхание.

«Ну и дела,— подумал он.— Почему мне это никогда не приходило в голову?»

Башенные часы, великие и ужасные.

Не далее как в прошлом году разве не показывал ему дед, собираясь преподать очередной урок, переснятые чертежи часового механизма?

Огромный лунный диск башенных часов — это, считай, та же мельница, говорил дедушка. Сыпь туда зерна Времени: крупные зерна столетий, мелкие зерна годов, крошечные зернышки часов и минут,— куранты все перемелют, и Время неслышно развеется по воздуху тончайшей пыльцой, которую подхватят холодные ветры, чтобы укутать этим прахом город, весь целиком. Споры такой пыльцы проникнут и в твою плоть, отчего кожа пойдет морщинами, кости начнут со страшной силой выпирать наружу, а ступни распухнут, как репы, и откажутся влезать в башмаки. И все оттого, что всесильные жернова в центре города отдают Время на откуп ненастью.

Часы!

Это они отравляют и губят жизнь, вытряхивают человека из теплой постели, загоняют в школу, а потом и в могилу! Не Квотермейн с кучкой старперов, не Брейлинг и его метроном, а эти часы хозяйничают в городе, будто в часовне.

Подернутые туманом даже в самую погожую ночь, они распространяли вокруг себя отблески, зарево и старость. Башня маячила над городом, как темный могильный курган, тянулась к небесам на зов луны, протяжными стонами оплакивала минувшее и безвозвратное, а сама исподволь рассказывала про другую осень, когда город был еще совсем юным, когда все только начиналось и ничто не предвещало конца.

— Ну, держитесь,— прошептал Дуглас.

Полночь, объявили часы. И добавили: Время, Мрак. Стая ночных птиц взметнулась над озером, унося прощальный стон в далекие темные края.

Дуг дернул вниз штору, чтобы Время не проникло хотя бы сюда.

Свет от башенных часов застыл на обшивке стен, словно туманное дыхание на оконном стекле.

ГЛАВА 22

— Чего я тут наслушался — обалдеть.— Чарли подошел вразвалочку, с цветком клевера в зубах.— Выведал секретные сведения у девчонок.

— У девчонок?!

Чарли ухмыльнулся: его слова шарахнули десятидюймовой петардой, вмиг согнав ленцу с приятельских физиономий.

— Сестренка моя проболталась — еще в июле раскололи они старую леди Бентли, и та призналась, что никогда не была молодой. Съели? Вот так-то.

— Чарли, Чарли!

— Конечно, требуются доказательства,— продолжил Чарли.— Девчонки говорят, старуха Бентли сама показала им кое-какие фотографии, безделушки и прочий хлам, но это еще ничего не значит. Хотя, если пораскинуть мозгами, все старичье на одно лицо, словно молодости в помине не было.

— Тебе бы раньше сообразить, Дуг,— вклинился Том.

— А тебе бы заткнуться,— отрезал Дуглас.

— Думаю, пора меня произвести в лейтенанты,— сказал Чарли.

— Да ты только вчера произведен в сержанты!

Чарли пробуравил Дугласа пристальным взглядом.

— Ладно, черт с тобой, будешь лейтенантом,— уступил Дуглас.

— Ну, спасибо,— сказал Чарли.— А с сестренкой-то моей как поступим? Просится к нам в армию — тайным агентом.

— Еще чего!

— Так ведь она добыла секретные сведения, причем, согласись, не хилые.

— Да, Чарли, котелок у тебя варит,— сказал Том.— А у тебя, Дуг, почему котелок не варит?

— Ну, вообще уже! — вскричал Дуглас.— Кто, интересно, придумал сбор на кладбище, и уничтожение сластей, и голодовку, и шахматные фигуры — кто все это придумал?

— Погоди-ка,— сказал Том.— Сбор на кладбище, между прочим, придумал я. Сладости — допустим, твоя идея. Зато с голодовкой — уж извини — ты в лужу сел. И вообще, у тебя битых два часа не было ни одной новой мысли. А шахматы преспокойно вернулись на место, и старичье снова помыкает ими — нами — почем зря. Того и гляди, схватят нас за горло и куда-нибудь задвинут, чтобы не дать нам жить собственной жизнью.

Дуглас понимал: Чарли с Томом хотят на него наехать и вырвать из рук командирскую власть, как спелую сливу. Рядовой, капрал, сержант, лейтенант. Сегодня лейтенант, завтра капитан. А послезавтра?

— Мысли важны не сами по себе.— Дуглас утер пот со лба.— Важна их стыковка. А те сведения, которые принес Чарли, даже не им раздобыты! Курам на смех: девчонки его обскакали!

Все дружно вздернули брови.

У Чарли вытянулась физиономия.

— Короче,— продолжал Дуглас,— сейчас я занимаюсь стыковкой идей для настоящего разоблачения!

На него устремились недоуменные взгляды.

— Выкладывай, не темни, Дуг,— потребовал Чарли.

Дуглас закрыл глаза.

— Что ж, слушайте: если по старикам не видно, что они были ребятами, значит, у них молодости не было и в помине! А раз так — это вообще не люди!

— Не люди? А кто же?

— Другое племя!

Все так и сели, ослепленные протуберанцем этого открытия, этого невероятного озарения. Оно обожгло каждого огненным дождем.

— Да, другое племя,— подтвердил Дуглас.— Пришельцы. Злодеи. А нас — нас они держат при себе как рабов, чтобы нашими руками вершить темные делишки и карать за непослушание.

Выводы из такого разоблачения взбудоражили всех до единого.

Чарли встал и торжественно произнес:

— Дуг, видишь берет у меня на голове? Снимаю перед тобой берет, дружище! — И Чарли приподнял берет под аплодисменты и смех всей компании.

В окружении улыбающихся лиц Дуг — командир, генерал — достал из кармана перочинный нож и сам с собой затеял философскую игру в ножички.

— Так-то оно так... — начал Том и на этом не остановился. — Только у тебя концы с концами не сходятся. Допустим, старики нагрянули с другой планеты — выходит, и дед с бабушкой тоже? Но ведь мы их всю жизнь знаем. Скажешь, они тоже пришельцы?

Дугласа бросило в краску. Здесь действительно вышла неувязка, и родной брат, его правая рука, младший офицер, взял да и поставил под сомнение всю теорию.

— И вот еще что, — продолжал Том, — дела-то у нас хоть какие-нибудь намечаются, Дуг? Не сидеть же нам сложа руки. Как действовать будем?

Дуг проглотил застрявший в горле комок. Не успел он и слова сказать, как Том, на которого теперь были устремлены все взгляды, с расстановкой произнес:

— Единственное, что сейчас на ум приходит, — часы башенные остановить, что ли. А то тикают над городом, задолбали уже. Баммм! Полночь! Буммм! Подъем! Боммм! Отбой! Лечь, встать, лечь, встать — сколько можно?

«Чтоб тебе пусто было, — пронеслось в голове у Дугласа. — Ночью ведь смотрел в окно. Часы! Почему же я первым не сказал?»

Том невозмутимо поковырял в носу.

— Расколошматить бы эти гадские часы — чтобы раз и навсегда! А потом — делай что хочешь, когда душе угодно. Пойдет?

Все взгляды устремились на Тома. Вслед за тем грянули радостные крики и вопли; даже Дуглас гнал от себя мысль, что не он сам, а его младший брат спас все дело.

— Том! — гремело в воздухе. — Молодчина, Том!

— Да ладно, чего там, — бросил Том и посмотрел на брата. — Когда идем убивать эту чертову штуковину?

Дуглас промычал что-то невнятное; у него отсох язык. А солдаты смотрели ему в рот и ждали приказа.

— Сегодня к ночи? — подсказал Том.
— Это *я* хотел сказать! — вскричал Дуглас.

ГЛАВА 23

Городские часы откуда-то прознали, что их вот-вот придут убивать.

В мраморном обрамлении, со сверкающим циферблатом, они ледяной глыбой маячили над главной площадью и поджидали убийц, готовясь обрушиться на них сверху. А в самом низу, как водится, гремучие бронзовые двери провожали хранителей вселенской веры и мудрости, почтенных седовласых посланников распада и Времени.

Видя, как из-под темных сводов появляется неспешная рать смерти и застоя, Дуглас приходил в смятение. Там, в кабинетах ратуши, среди запахов мебельного лака и шелеста бумажек, департамент образования тихой сапой перекраивал судьбы, кромсал листы календаря, пожирал субботы под соусом домашних заданий, планировал новые выволочки, кары и беззакония. Мертвенные руки спрямляли улицы и загоняли мягкий грунт под жесткий, неприступный панцирь асфальта, отчего природа и вольница с годами отступали за черту города — дело шло к превращению зеленых возвышенностей в едва различимое эхо, такое далекое, что целой жизни не хватит, чтобы добраться до городской окраины и разглядеть одинокую чахлую рощицу.

А в этом самом здании между тем раскладывали по полочкам человеческие жизни — сортировали по алфавиту и по отпечаткам пальцев; мальчишечьи судьбы клали под сукно! Чиновники с лицами цвета пурги и волосами цвета молний доставляли сюда в портфелях Время — спешили подольститься к часам, чтобы ни одна шестеренка, ни одна передача не застаивалась без движения. А когда смеркалось, они выходили на улицу, довольные собой,— шутка ли: нашли новые способы усмирения, заточения, ограничения свободы за счет денежных поборов и всяких справок. Без чиновников даже не доказать, что ты умер,— только в этом здании, под этими часами выправят тебе документ с подписью и печатью.

— Боевая готовность номер один,— шепотом скомандовал Дуглас окружившим его приятелям.— Вот-вот начнут расходиться. Смотрите в оба. Прошляпим — и операция насмарку. Последний замок запирается точно с наступлением сумерек — вот тут-то и надо ловить момент, соображаете? Они повалят оттуда, а мы — туда.

— Соображаем,— ответили бойцы.

— Тогда,— сказал Дуглас,— всем затаиться.

— Есть затаиться,— отозвался Том.— А можно одну вещь сказать, Дуг?

— Ну, что еще?

— Пойми, даже если подгадать время, толпой ломиться нельзя: кто-нибудь нас непременно засечет, запомнит в лицо, и тогда нам кранты. С шахматами — и то чуть не погорели. Нас вычислили, пришлось все вернуть. Вот я и говорю: не подождать ли нам, пока они все замки позапирают?

— Такой номер не пройдет. Я же объяснил.

— А я вот что думаю,— продолжал Том.— Надо бы мне одному проскользнуть туда прямо сейчас да отсидеться в сортире, пока все не разойдутся. Потом проберусь наверх и открою вам окошко, поближе к башне. Вон там, на четвертом этаже.— Он указал на какой-то высокий проем в старой кирпичной кладке.

— Ага! — обрадовалась армия.

— Не получится,— отрезал Дуг.

— Это еще почему? — возмутился Том.

Не успел Дуг придумать хоть какую-нибудь отговорку, как в спор вклинился Чарли.

— Спокойно: все у нас получится,— заявил он.— Том дело говорит. Готов, Том?

— Как штык,— подтвердил Том.

Под общими взглядами Дуг — как-никак генерал — вынужден был дать согласие.

— Одного терпеть не могу,— заметил он,— когда лезет вперед какой-нибудь выскочка и думает, что самый умный. Ладно, валяй, сиди пока на толчке. Как стемнеет — откроешь нам.

— Тогда я пошел,— сказал Том.

И усвистал.

Чиновники выходили из внушительных бронзовых дверей, а Дуг с сообщниками таились за углом в ожидании заката.

ГЛАВА 24

В здании суда наконец-то воцарилась полная тишина; сгустилась тьма, и мальчишки бесшумно подтянулись к пожарной лестнице, чтобы взобраться на четвертый этаж, поближе к часовой башне.

Они замерли перед окошком, которое должен был открыть Том, но за стеклом никого не оказалось.

— Проклятье,— выпалил Дуг.— Надеюсь, его не заперли в сортире.

— Сейчас прибежит,— сказал Чарли.— Сортир вообще на замок не запирают.

И впрямь, откуда ни возьмись за оконным переплетом возник Том, который подавал им знаки и шевелил губами, но слов было не разобрать.

Повозившись, он сумел поднять оконную раму, и по вечернему воздуху поплыли конторские запахи.

— Можно влезать,— сообщил Том.

— Без тебя знаем,— огрызнулся Дуг.

Лето, прощай

Мальчишки друг за другом скользнули внутрь и устремились по коридорам к той двери, за которой скрывался часовой механизм.

— Зуб даю,— пробормотал Том,— эта чертова дверь тоже на замке.

— Подавись ты своим зубом,— бросил Дуг и подергал дверную ручку.— Еще не легче! Не хотел говорить, но ты как в воду глядел, Том. Никто случайно не прихватил петарду?

Шестерка рук стремительно нырнула в карманы комбинезонов и так же стремительно взметнулась вверх с тремя петардами, в четыре и пять дюймов.

— Что толку-то? — фыркнул Том.— Спички нужны.

Дуг разглядывал злополучную дверь.

— А как присобачить петарды, чтобы они рванули прицельно? — задумался он.

— С помощью клея,— ответил Том.

Склонив голову набок, Дуг ухмыльнулся:

— С помощью клея — это неплохо. Кто, интересно, таскает с собой клей?

В воздух взметнулась одна рука. Оказалось, это рука Пита.

— Держи клей, «бульдог» называется,— сказал он.— Авиамодели склеивать купил; на нем еще бирка прикольная была, с бульдогом.

— Попробуем.

Дуг щедро выдавил клей на одну из двух пятидюймовых петард и крепко прижал ее к двери.

— Всем оттянуться назад,— приказал он и чиркнул спичкой.

Армия повиновалась, а сам он зажал уши и стал ждать, когда рванет. По шнуру с фырканьем змеился рыжий огонек.

Взрыв получился на славу.

Следующий миг показался вечностью; бойцы даже приуныли, но тут у них на глазах дверь медленно-медленно подалась.

— Ну, что я говорил! — воскликнул Том.

— Язык прикуси,— оборвал его Дуг.— Заходим.

Он широко распахнул дверь, потянув ручку на себя.

Вдруг снизу послышались чьи-то шаги.

— Кто там? — прокричали с первого этажа.

— Дьявольщина,— прошептал Том.— Зуб даю, это сторож.

— Эй, кто там? — выкрикнул тот же голос.

— Айда! — И Дуглас впереди всех ринулся в дверь.

Наконец-то они проникли в нутро часов.

Со всех сторон их обступила громоздкая, пугающая махина Неприятеля, Счетовода Жизни и Времени. Сердцевина города, самая его суть. Дуг явственно ощущал, как бытие всех известных ему людей безостановочно вращается вместе с этим механизмом, барахтаясь в жирной смазке, и перемалывается острыми зубцами и тугими пружинами. Часы шли молча. Теперь его осенило: ведь они и прежде никогда не тикали! Никому не доводилось слышать, чтобы они вели свой отсчет вслух; просто каждый из горожан слишком уж напряженно вслушивался — и улавливал биение собственного сердца и мерное течение жизни в запястьях, в груди и висках. А здесь царило холодное металлическое безмолвие, немое движение, которому сопутствовали только слабые шепотки стали и меди да еще блики и отсветы.

Дугласа затрясло.

Сейчас они были рядом: Дуг и эти часы, которые, сколько он помнил, еженощно обращали в его сторону свой лунный лик. Великая махина грозила протянуть к нему пружины, опутать медными кольцами и бросить в жернова шестеренок, чтобы окропить его кровью свое бесконечное будущее, пронзить частоколом зубцов и располосовать кожу на тонкие полосы, которые можно потом играючи настроить на разные лады, не хуже чем в музыкальной шкатулке.

И тут, выбрав подходящий момент, часы громоподобно откашлялись. Исполинская пружина выгнулась, будто готовясь произвести пушечный выстрел. Дуглас и глазом моргнуть не успел, как на него обрушилось форменное извержение.

Один! Два! Три!

Это выстреливал часовой колокол! А Дуглас превратился в мотылька, в мышонка, угодившего в ведро, которое без устали пинают чужие башмаки. Башня ходила ходуном, как при землетрясении, — на ногах не устоишь.

Четыре! Пять! Шесть!

Покачиваясь, он зажимал уши ладонями, чтобы не лопнули барабанные перепонки.

Вновь и вновь — *семь! восемь!* — в воздухе грохотали раскаты. Пораженный, он прислонился к стене и зажмурился; с каждой штормовой волной у него обмирало сердце.

— Шевелитесь! — вскричал Дуглас. — Петарды сюда!

— Смерть железным гадам! — провозгласил Том.

— Это мне положено говорить, — осадил его Дуг. — Прикончить часы!

Чиркнули спички, вспыхнули запалы, и петарды полетели в механическую утробу.

За этим последовал дикий топот и гвалт: мальчишки уносили ноги.

Они запрыгивали на подоконник четвертого этажа и чуть не кубарем летели вниз по перекладинам пожарной лестницы; когда все уже были на земле, в башне прогремели два взрыва, сопровождаемые оглушительным лязгом металла. А часы все били раз за разом, без остановки — они цеплялись за жизнь. Вровень с ними кружили голуби, точно клочки бумаги, пущенные по ветру с крыши. Бом! Небеса раскалывались от громоподобных ударов. Рикошет, скрежет, последняя отчаянная судорога стрелок. А потом...

Тишина.

Оказавшись у подножия пожарной лестницы, мальчишки задрали головы и уставились на мертвую махину. Никакого тиканья — ни придуманного, ни всамделишного, ни тебе птичьего щебета, ни урчания двигателей — только легкие выдохи спящих домов.

С минуты на минуту глазеющая вверх армия ожидала услышать предсмертные стоны круглолицего циферблата, искореженных стрелок, цифр и внутренностей, а вслед за тем, все ближе и ближе, скользящий скрежет медных кишок и железных метеоритных дождей, которые обрушатся на газон, чтобы придавить неприятеля рокочущей лавиной минут, часов, лет и вечностей.

Но нет: только тишина да еще эти часы, безгласные и недвижимые, которые обезумевшим привидением белели в вышине, опустив никчемные мертвые руки-стрелки. Тишина, и опять долгая тишина; но в домах уже вспыхивали огни, по всей округе перемигивались яркие лучики, а горожане выползали на открытые веранды и вглядывались в темнеющее небо.

Весь в испарине, Дуглас по-прежнему смотрел вверх и собирался что-то сказать, когда тишину прорезал вопль.

— Я это сделал! — кричал Том.

— Том! — не выдержал Дуг.— Мы! Мы, все вместе. Вот только разобраться бы: что мы сделали?

— Смываться надо,— сказал Том,— пока нас не накрыло.

— Кто здесь командует? — рассердился Дуглас.

— Я больше не буду,— сказал Том.

— Бегом марш! — приказал Дуг.

И победоносная армия умчалась в темноту.

ГЛАВА 25

Настала полночь, а Тому все не спалось.

Дуг знал это наверняка: он слышал, как у Тома раз за разом падали постельные принадлежности, а значит, брат ворочался и метался, но всякий раз сгребал с пола одеяла и подушки и водружал их обратно.

Часа в два ночи Дуг спустился в ледник и принес Тому в спальню блюдечко мороженого, чтобы легче было вызвать младшего брата на разговор.

Том сел в постели, но к мороженому, считай, не притронулся. Он долго смотрел, как оно тает, а потом выдавил:

— Прокололись мы, Дуг.

— И не говори, Том, — подтвердил Дуг.

— Мы-то думали: вырубим эти здоровенные часы — и стариканы, глядишь, тоже вырубятся, не смогут больше отнимать... красть... наше время. Но разве хоть что-нибудь вырубилось?

— Нет, сэр, — сказал Дуг.

— Вот и я о том же, — продолжал Том. — Время-то движется. Ничего не изменилось. Когда мы драпали, я специально посмотрел: ни в одном доме свет не погас. В конце улицы топтались полицейские — они тоже не вырубились. А я бегу и думаю: вот-вот свет вырубится или еще чего-нибудь и будет нам знак, что дело сделано. Как же, жди! Хорошо еще, если никто из наших не покалечился. Вспомни, как ребята ковыляли: и Уилл, и Бо, да чуть ли не все. Сегодня они не заснут как пить дать, а если заснут, так под утро и будут потом как вареные, из кровати не вылезут, на улицу не выйдут, рта не раскроют — прямо как я: сто лет со мной такого не бывало, чтоб ночью сна ни в одном глазу. Даже зажмуриться страшно. Чего делать будем, Дуг? Ты сам говорил: «Надо убить часы»; а воскресить-то их можно, если припрет?

— Часы ведь не живые,— тихо сказал Дуг.

— Все равно, ты сам говорил,— не унимался Том.— Ну, допустим, это я говорил. Вроде бы я первый придумал. Да чего там, все говорили, мол, пора их прикончить. Сказано — сделано, а дальше что? Кажись, влипли мы по самое некуда,— закончил Том.

— Влип только я,— сказал Дуг.— От деда теперь влетит.

— Мы все замазаны, Дуг. Но сработали классно. Всем было в кайф. Оттянулись по полной! А все-таки ты мне объясни: если часы не живые, как же нам их поднять из мертвых? Может, одно другому не мешает? Надо что-то делать. Как поступим?

— Думаю, придется мне пойти в ратушу и подписать обязательство, или как там это называется,— выговорил Дуг.— Лет восемь-девять буду сдавать туда все свои деньги, чтобы хватило на ремонт.

— Ну, это уж вообще, Дуг!

— Примерно такая сумма и выйдет,— продолжал Дуг.— Вещь-то солидная, такую оживить непросто. Лет восемь-десять. Чего уж теперь, так мне и надо. Думаю прямо с утра пойти сдаваться.

— Я с тобой, Дуг.

— Нет, сэр,— отрезал Дуг.

— Все равно пойду. От Тома так просто не отделаешься.

— Том,— произнес Дуг.— Хочу тебе кое-что сказать.

— Ну?

— Хорошо, что у меня есть такой братишка.

Дуг отвернулся, покраснел и направился к дверям.

— Сейчас тебе еще больше захорошеет,— сказал Том.

Дуг помедлил.

— Ты насчет денег кумекаешь,— сказал Том,— а что, если наша банда, всем скопом, поднимется в часовую башню, чтобы там прибрать, хоть чуток расчистить этот чертов механизм? Исправить его нам, конечно, не под силу, нечего и думать, но часок-другой поработаем, разгребем завалы, а там — чем черт не шутит,— может, восстановим ход, тогда и тратиться не нужно будет, и тебе не придется в кабалу идти на всю оставшуюся жизнь.

— Ну, не знаю,— протянул Дуг.

— Попытка — не пытка,— убеждал Том.— Ты с дедом потолкуй. Пусть узнает, не дадут ли нам тумаков, если мы заявимся в ратушу чин-чинарем: с полиролью, с машинным маслом; глядишь — и оживим эту проклятущую громадину. Может, еще обойдется, Дуг. Наверняка обойдется. Давай попробуем.

Дуг развернулся, опять подошел к кровати, присел на краешек и сказал:

— Мороженое, чур, на двоих.

— Само собой,— ответил Том.— Первая ложка — тебе.

ГЛАВА 26

На другой день, ровно в двенадцать, Дуглас шел из школы домой обедать. Не успел он войти, как мать отправила его в соседний флигель, к деду с бабушкой. Дед поджидал в библиотеке, устроившись в любимом кресле под ярким светом любимой лампы, а книги на полках вытянулись в тишине по стойке «смирно», готовые явиться по первому требованию.

Заслышав стук входной двери, дед спросил, не отрываясь от книжки:

— Дуглас?
— Ага.
— Входи, парень, присаживайся.

Не так-то часто дед предлагал гостю посидеть; это означало, что разговор предстоит серьезный.

Дуглас вошел без звука и сел на диван, лицом к деду.

Через некоторое время дед отложил книгу (еще один признак серьезного положения дел), снял очки в золотой оправе (самый неблагоприятный признак) и... как бы поточнее выразиться... пронзил Дуга взглядом.

— Вот что, Дуг,— начал он.— Почитывал я тут одного из моих любимых писателей, мистера Конан Дойла; а у Конан Дойла мой самый любимый герой — это мистер Шерлок Холмс. Именно он повлиял на мой характер и прибавил зоркости. А день нынче такой, что пришлось мне с утра пораньше влезть в шкуру этого лондонского сыщика с Бейкер-стрит.

— Да, сэр,— сказал Дуг, ничем себя не выдав.

— Начал я сопоставлять кое-какие обрывочные вести; похоже, город охватила повальная эпидемия: многие ребята почему-то не пошли в школу, якобы захворали, то да се. Пункт первый: бабушка мне на рассвете представила подробное донесение из вашего дома. Твой брат Том, оказывается, совсем плох.

— Я бы не сказал,— пробубнил Дуглас.

— Ты бы не сказал, а я скажу,— откликнулся дед.— Малец так занемог, что на уроки не пошел. А ведь он такой непоседа, словно заводной: как ни посмотришь — все бегом. Не знаешь ли, Дуг, что за хворь его подкосила?

— Нет, сэр.

— Не хотелось бы тебя уличать, дружок, но сдается мне, все ты знаешь. Однако не спеши с ответом: добавлю кое-что еще. Вот у меня список ребят из твоей компании, эти всегда на виду — то под деревьями шныряют, то на яблоню лезут, то жестянку по мостовой гоняют. Частенько вижу: в одной руке петарда, в другой — зажженная спичка.

Тут Дуглас закрыл глаза и сглотнул слюну.

— Я не поленился,— продолжал дед,— позвонил каждому домой и, как ни странно, услышал, что все как один разболелись. Это наводит на размышления, Дуг. Не подскажешь ли, в чем причина? Мальчишки-то верткие, как хорьки, носятся по улице — не уследишь. А тут вдруг у всех недомогание, сонливость. Ты-то как себя чувствуешь, Дуг?

— Нормально.

— В самом деле?

— Да, сэр.

— По виду незаметно. Вид у тебя, прямо скажем, бледный. Одно к одному — мальчишки в школу не пошли, Том занемог, да и на тебе лица нет; отсюда вывод: ночью где-то случилась большая заваруха.

Дед умолк и взял в руки лист бумаги, лежавший до поры до времени у него на коленях.

— Поутру звонили мне из городской канцелярии. Насколько я понял, в башне нашли стреляные петарды. Делопроизводитель говорит, здание теперь требует основательного ремонта. Не знаю, что именно там стряслось, но деньги нужны немалые. Я тут подсчитал: если разбросать на энное число семей, то выйдет примерно...— Прежде чем назвать цифру, дед снова водрузил очки на свой крупный, породистый нос.— Семьдесят долларов девяносто центов с каждой. Таких средств, насколько мне известно, у большинства горожан просто нет. Чтобы собрать эту сумму, нужно трудиться не день и не два — многие недели, а то и месяцы, уж как повезет. Хочешь ознакомиться с размерами ущерба, Дуг? Вот перечень, у меня под рукой.

— Да нет, зачем? — сказал Дуг.

— По-моему, тебе полезно будет его изучить, парень. Гляди.— И он передал бумажку Дугласу.

Дуг пробежал ее глазами. Затуманенные глаза отказывались разбирать строчки. Цифры были запредельными; создавалось впечатление, будто они простираются далеко в будущее, не на недели-месяцы, а — упаси боже — на долгие годы.

— У меня к тебе поручение, Дуг,— сказал дедушка.— Возьми с собой этот список и отправляйся по адресам, как доктор. Начнешь обход сразу после уроков. Первым делом зайди к себе домой и проведай Тома. А на словах передай: мол, дедушка просит ближе к вечеру купить два эскимо и заглянуть к нему, посидеть на веранде. Так и передай, Дуг,— увидишь, как он приободрится.

— Да, сэр,— сказал Дуг.

— После этого пойдешь к другим ребятам, их тоже не мешает проведать. А как управишься — загляни ко мне с отчетом, ибо каждый, кто сейчас лежит пластом, нуждается в хорошей встряске. Буду тебя ждать. Как по-твоему, это справедливо?

— Да, сэр.— Дуглас встал с дивана.— А можно кое-что сказать?

— Что именно, Дуг?

— Ты такой умный, дедушка.

Дед призадумался, а потом ответил:

— Не то чтобы умный, Дуг, скорее проницательный. Тебе доводилось смотреть это слово в Толковом словаре Уэбстера?

— Нет, сэр.

— В таком случае перед уходом открой словарь и поинтересуйся, что говорит по этому поводу мистер Уэбстер.

ГЛАВА 27

Час был поздний, но мальчишки не уходили из башни: они вдевятером отчищали пороховой налет и выгребали клочки жженой бумаги. За дверью уже образовалась приличная куча мусора.

Вечер выдался душным; мальчишки обливались потом и разговаривали вполголоса, мечтая перенестись куда угодно, да хотя бы в школу, — всяко лучше, чем здесь.

Дуг выглянул из окна часовой башни и увидел внизу деда, который ненавязчиво посматривал вверх.

Заметив в окне голову Дугласа, он кивнул и едва заметно помахал в воздухе недокуренной сигарой.

В конце концов город окутали сумерки, а вслед за тем наступила полная тьма; тут появился сторож. Оставалось еще смазать огромную шестерню и маховики. Мальчишек охватило благоговение, смешанное со страхом. У них на глазах машина отмщения, которую они считали поверженной, возвращалась к жизни. Причем с их же помощью. В слабом свете одной-единственной голой лампочки сторож взвел огромную пружину и отступил. Чрево гигантских часов заскрежетало, содрогнулось, как от колик, и мальчишки отпрянули.

Часы начали тикать; до боя курантов оставалось всего ничего, и ребята, попятившись, выскочили гурьбой за порог и помчались вниз по лестнице: Дуг — замыкающим, Том — впереди всех.

На газоне всю компанию встретил дед: кого погладил по макушке, кого потрепал по плечу. Мальчишки разбежались по домам, предоставив Тому и Дугласу идти с дедушкой в табачную лавку «Юнайтед», которая по случаю субботы была открыта допоздна.

Последние ночные гуляки разбрелись восвояси; дед без помех выбрал самую лучшую сигару и, обрезав кончик, прикурил от негасимого огонька, горевшего на прилавке. Вкусно попыхивая, он смотрел на обоих внуков со скрытым удовлетворением.

— Молодцы, ребята,— изрек он.— Молодцы.

И тут раздался звук, который им совсем не хотелось слышать.

Откашлявшись у себя на верхотуре, огромные часы издали первый удар.

Боммм!

Уличные фонари стали гаснуть один за другим.

Боммм!

Дед обернулся, кивнул и, махнув сигарой, дал команду внукам следовать за ним к дому.

Они перешли через дорогу и двинулись вдоль квартала, а гигантские часы ударили еще раз и еще, отчего содрогнулся воздух, а в жилах затрепетала кровь.

Мальчики побледнели.

Дед заметил, но не подал виду.

Между тем все фонари уже погасли; пришлось шагать в потемках, полагаясь лишь на узкий серп луны, указывающий дорогу.

Они уходили все дальше от грозного боя этих часов, который эхом отдавался в крови и напоминал горожанам о неизбежности судьбы.

Позади остался овраг, а в нем, возможно, притаился новый Душегуб, готовый в любой момент выскочить и утащить их к себе.

Вдалеке Дуг различил темные очертания нехорошего дома над оврагом и впал в задумчивость.

Наконец, уже в непроглядной тьме, с последним раскатом боя здоровенных часов, они втроем дотащились до тротуара перед своим домом, и дедушка сказал:

— Спокойной ночи, ребятки. Храни вас Бог.

Мальчики разбежались по своим спальням. Они ощущали, хотя и не слышали, как тикают башенные часы, а под покровом ночи крадется будущее.

В темноте Дуг услышал, как Том зовет его из своей комнаты напротив.

— Дуг?
— Чего тебе?
— Оказалось не так уж трудно.
— Пожалуй,— отозвался Дуг.— Не так уж трудно.
— Мы справились. По крайней мере, восстановили порядок.
— Не уверен,— сказал Дуг.
— Точно говорю,— настаивал Том,— потому что эти проклятые часы утром прикажут солнцу взойти. Скорей бы.

Вскоре Том уснул, а за ним и Дуг тоже.

ГЛАВА 28

Боммм!
 Келвин Си Квотермейн заворочался во сне, а потом медленно сел в постели.

Боммм!

Великие часы били полночь.

Он, полукалека, невольно устремился к окну и распахнул створки под бой великих часов.

Боммм!

— Трудно поверить! — пробормотал он.— Не умерли. Не умерли. Чертов механизм отремонтирован. Утром обзвоню наших. Может, и делу конец. Может, все утряслось. Во всяком случае, город живет как положено; завтра же начну планировать дальнейшие шаги.

Подняв руку к губам, он нащупал непривычную штуковину. Улыбку. Хотел ее поймать и, если получится, изучить.

«Не иначе как это погода,— думал он.— Не иначе как это ветер — дует в нужном направлении. А может, на меня снизошел путаный сон — что же мне приснилось? — как только ожили часы... Придется над этим поразмыслить. Война почти окончена. Но как мне из нее выйти? И как победить?»

Квотермейн высунулся из окна и поглядел на луну — серебристую дольку в ночном небе. Полумесяц, часы да скрип собственных костей. Квотермейну вспомнились бесчисленные ночи, проведенные у окна, над спящим городом, хотя в прежние годы спина его оставалась прямой, а суставы — подвижными; в прежние годы он был молод, свеж как огурчик и беспощаден — точь-в-точь как нынешние мальчишки...

Минуточку! У кого там близится день рождения? — спросил он себя, пытаясь вызвать в памяти школьные реестры. У одного из этих чудовищ? Вот это шанс так шанс. Я их убью добротой, изменю себя до неузнаваемости, переоденусь домашним псом, а вредного кота спрячу внутри!

Им-то невдомек, чем я их прошибу.

ГЛАВА 29

Погода в тот день стояла такая, что все двери с самого утра были нараспашку, а оконные рамы подняты. Сидеть в четырех стенах стало невыносимо, вот люди и высыпали на воздух: никто не хотел помирать, все хотели жить вечно. Настоящая весна, а не «прощай, лето», райские кущи, а не Иллинойс. Ночью прошел ливень, напоивший жару, а утром, когда тучи поспешили прочь, каждое дерево в каждом саду проливало, чуть тронь, свой отдельный дождик.

Квотермейн выбрался из постели и с грохотом колесил по дому, крутя колеса руками, пока снова не обнаружил на губах эту диковинную штуку — улыбку.

Пинком здоровой ноги он распахнул кухонную дверь и, сверкая глазами, с прилипшей к тонким губам улыбкой въехал во владения прислуги, а там...

О, этот торт!

— Доброе утро, мистер Кел,— сказала кухарка.

Лето, прощай

На кухонном столе альпийской вершиной громоздился торт. К утренним ароматам примешивались запахи чистого горного снега, кремовых розочек и цукатных бутонов, а еще нежных, как цветочные лепестки, свечей и полупрозрачной глазури. Торт красовался, будто далекий холм в пророческом сне: белый, точно лунные облака, выпеченный в форме прожитых лет, утыканный свечками — хоть сейчас зажигай да задувай.

— Вышло на славу,— прошептал Квотермейн.— Бог свидетель: то, что надо. Несите в овраг. Да поживее.

Экономка на пару с садовником подняли белоснежную гору. Кухарка бросилась вперед, отворяя двери.

Они прошествовали за порог, сошли с крыльца и пересекли сад.

«Кого оставит равнодушным такая вкуснотища, такая мечта?» — вопрошал про себя Квотермейн.

— Осторожней!

Экономка поскользнулась на росистой траве.

— Нет, ради бога, только не это!

Когда он решился открыть глаза, порядок следования был уже восстановлен; обливаясь потом, прислуга спускалась по склону в зеленый овраг — туда, где у зеркального ручья, в прохладной тени раскидистых деревьев стоял именинный стол.

— Благодарю,— прошептал Квотермейн, а потом добавил: — Всевышнего.

Внизу, в овраге, торт водрузили на стол, чтобы он до поры до времени белел, и светился, и поражал своим совершенством.

ГЛАВА 30

— Вот так,— сказала мать, поправляя ему галстук.

— Кому это нужно — к девчонке на день рожденья тащиться,— бурчал Дуглас.— Тоска зеленая.

— Если сам Квотермейн не поленился заказать торт для Лисабелл, то и ты не сочти за труд ее поздравить. Он даже разослал приглашения. Прояви элементарную вежливость — больше ничего не требуется.

— Что ты копаешься, Дуг, шевелись! — крикнул Том, заждавшийся на крыльце.

— На пожар, что ли? Иду, иду.

Стукнула дверь, затянутая москитной сеткой, и вот он уже выскочил на улицу, и они с Томом двинулись вперед сквозь дневную свежесть.

— Кайф! — мечтательно шептал Том.— Обожрусь сейчас!

— Нутром чую какой-то подвох,— выговорил Дуглас.— Почему Квотермейн не стал гнать волну? С чего это он вдруг подобрел, улыбочки расточает?

— Никогда в жизни,— сказал Том,— не считал подвохом кусок торта и порцию мороженого.

У одного из соседских домов им встретился Чарли, который с похоронным видом зашагал с ними в ногу.

— Этот галстук меня уже доконал,— проворчал он, не нарушая торжественной шеренги.

Очень скоро к ним присоединился Уилл, а потом и все прочие.

— После дня рожденья айда купаться! Может, другого случая не будет — вода уже холодная. Лето кончилось.

Дуг спросил:

— Неужели я один заподозрил неладное? Прикиньте: зачем старик Квотермейн устраивает праздник ради какой-то Лисабелл? Зачем пригласил нас? Не к добру это, парни.

Чарли потеребил галстук и сказал:

— Неохота говорить, Дуг, но, кажись, от нашей войны скоро останется один пшик. Вроде как теперь смысла нет с ними сражаться.

— Не знаю, Чарли. Концы с концами не сходятся.

У оврага они остановились.

— Пришли,— сказал Дуглас.— Теперь не зевайте. По моему приказу будьте готовы рассредоточиться и скрыться. Вперед, парни. Я задержусь. У меня возник стратегический план.

Бойцы нехотя двинулись под откос. Первую сотню футов преодолели походным шагом, потом заскользили, а под конец с гиканьем понеслись вниз прыжками и скачками. На дне оврага, у столов, они сбились в кучку и заметили, как вдалеке белыми пташками тут и там порхают по склону девочки, которые вскоре тоже сбились в кружок; под конец явился и сам Келвин Си Квотермейн — он катил по тропе в инвалидной коляске, издавая оглушительные, радостные вопли.

— Охренеть...— пробормотал, застыв в одиночестве, Дуглас.— То есть обалдеть!

Ребята толкали друг дружку локтями и покатывались со смеху. Издалека они напоминали игрушечные фигурки в живописных декорациях. Дуглас кривился, когда до его слуха долетал хохот.

А потом за детскими спинами, на отдельном столе, покрытом белой скатертью, во всей красе открылся именинный торт. Дуглас вытаращил глаза.

Великолепное многоярусное сооружение возвышалось, точно снеговик, и поблескивало в лучах солнца.

— Дуг! Эй, Дуг! — донеслось из оврага.

Но он ничего не слышал.

Торт, изумительный белый торт, чудом уцелевший снежно-прохладный торос стародавней зимы на исходе лета. Торт, умопомрачительный белый торт, иней, ледяные узоры и снежинки, яблоневый цвет и свежие лилии. И смешливые голоса, и хохот, взметнувшийся на край оврага, где в стороне от всех одиноко стоял Дуглас, и оклики:

— Дуг, иди сюда, ну давай, спускайся. Эй, Дуг, иди сюда, ну давай...

От инея и снега слепило глаза. Ноги сами понесли его в овраг, и он не отдавал себе отчета, что его притягивает это белое видение и никакая сила не способна остановить его ноги или отвлечь взгляд; все мысли о боевых операциях и переброске армии улетучились из головы. Вначале скользя, потом вприпрыжку, а дальше бегом, быстрее и быстрее; поравнявшись с вековым деревом, он ухватился за ствол, чтобы отдышаться. И вроде как со стороны услышал свой шепот: «Привет».

Тогда все присутствующие, глядя на него сквозь сияние зимней горы, отозвались: «Привет». И он присоединился к гулянью.

Виновницей торжества была Лисабелл. Она выделялась среди прочих: личико тонкое, как узоры инея, губы нежные и розовые, как именинные свечки. Большие серые глаза неотступно следили за ним. Почему-то он вдруг почувствовал траву сквозь подошвы ботинок. В горле пересохло. Язык распух. Гости ходили кругами, и посредине этой карусели все время оказывалась Лисабелл.

Квотермейн с ветерком подкатил по каменистой тропе; инвалидное кресло чуть не врезалось в стол — оно разве что не летело по воздуху. Он вскрикнул и остался сидеть подле хоровода; на морщинистом желтом лице читалось невыразимое удовлетворение.

Тут подоспел и мистер Блик: он встал за креслом и тоже улыбался, но совсем по-другому.

Когда Лисабелл склонилась над тортом, Дуглас уставился на нее во все глаза. Легкий ветер принес мимолетный запах розовых свечек. Ее личико, теплое и прекрасное, было похоже на летний персик, а в темных глазах отражались язычки пламени. Дуглас затаил дыхание. А вместе с ним остановился, затаив дыхание, весь мир. Квотермейн тоже застыл, вцепившись в кресло, как будто это было его туловище, грозившее пуститься наутек. Четырнадцать свечей. Каждый из четырнадцати годов полагалось задуть и при этом задумать желание, для того чтобы следующий год оказался не хуже. Лисабелл сияла от счастья. Она плыла по великой реке Времени и наслаждалась этим путешествием. В ее взгляде и жестах сквозила радость безумия.

Она что есть силы дунула, и от ее дыхания повеяло летним яблоком.

Все свечи оказались задуты.

И мальчишки, и девчонки подтянулись к столу, потому что Лисабелл взялась за широкую серебряную лопаточку. На серебре играли солнечные блики, которые слепили глаза. Она разрезала торт и положила первый кусок на тарелку, придерживая лопаточкой. Девичьи руки подняли тарелку над головами. Торт был белым, нежным и — сразу видно — сладким. От него было не оторваться. Старик Квотермейн расплывался в улыбке, как блаженный. Блик грустно усмехался.

— Кому достанется первый кусок? — выкрикнула Лисабелл.

Ждать ее решения пришлось ужас как долго; со стороны могло показаться, будто частица ее самой успела впитаться в податливую белизну марципана и хлопья сахарной ваты.

Лисабелл сделала два медленных шага вперед. Сейчас она не улыбалась. Ее лицо было сосредоточенно-серьезным. Держа тарелку на вытянутых руках, она устремилась к Дугласу.

Когда она остановилась перед ним, лицо ее оказалось совсем близко, и он кожей почувствовал легкое дыхание.

Содрогнувшись, Дуг отпрянул назад.

Уязвленная Лисабелл широко раскрыла глаза и шепотом прокричала слово, которое он поначалу не разобрал.

— Трус! — выдохнула она и добавила: — Да еще и дикарь!

— Не слушай ее, Дуг, — сказал Том.

— Во-во, не принимай всерьез, — сказал Чарли.

Дуглас отступил еще на шаг и прищурился.

Тарелка все же перекочевала к нему в руки; вокруг плотным кольцом стояли ребята. Он не видел, как Квотермейн подмигнул Блику и ткнул его локтем. Единственное, что он видел,— это лицо Лисабелл. На нем играли вишни и снег, вода и трава и этот ранний вечер. Это лицо заглядывало прямо в душу. Почему-то ему чудилось, будто она его трогает — то тут, то там, веки, уши, нос. Он содрогнулся. И попробовал торт.

— Ну? — спросила Лисабелл.— Что молчишь? Если у тебя даже сейчас поджилки трясутся, могу поспорить, что там,— она указала наверх, в сторону дальней кромки оврага,— ты окончательно сдрейфишь. Сегодня ночью,— продолжила она,— мы все отправимся туда. Могу поспорить, ты и близко не подойдешь.

Дуг перевел взгляд на край обрыва: там стоял дом с привидениями, куда мальчишки порой наведывались при свете дня, но никогда не совались по ночам.

— Ну? — повторила Лисабелл.— Язык проглотил? Придешь или струсишь?

— Дуг,— возмутился Том.— Почему ты это терпишь? Срежь-ка ее, Дуг.

Дуг опять поднял взгляд от лица Лисабелл на высокий крутогор, к нехорошему дому.

Торт таял во рту. Дуглас, то стреляя глазами, то силясь принять решение, ничего не надумал — так и стоял с набитым ртом, а язык обволакивала сладость. Сердце билось как бешеное, к щекам прихлынула кровь.

— Я буду...— выдавил он.

— Как это понять: «буду»? — потребовала Лисабелл.

— ...буду там,— сказал он.

— Молоток, Дуг,— похвалил Том.

— Смотри, чтоб она над тобой не приколола́сь,— сказал Бо.

Но Дуг повернулся к друзьям спиной.

Вдруг ему вспомнилась одна старая история. Когда-то давно он убил бабочку, опустившуюся на куст: взял да и сбил палкой, без всякой причины — просто настроение такое было. Подняв глаза, он между столбиками крыльца увидел над собой изумленное лицо деда — ни дать ни взять, портрет в раме. Дуг тогда отбросил палку и подобрал рваные крылышки — яркие лоскутки солнца и трав. Он стал нашептывать заговор, чтобы они срослись как было. В конце концов у него сквозь слезы вырвалось: «Я не хотел».

А дедушка в свой черед сказал: «Запомни: ничто и никогда не проходит бесследно».

От истории с бабочкой его мысли обратились к Квотермейну. Ветви деревьев трепетали на ветру; почему-то Дуглас уставился на Квотермейна в упор и представил, каково это — вековать свой век в доме с привидениями. Он подошел к именинному столу, выбрал тарелку с самым щедрым куском торта и направился в сторону Квотермейна. На стариковском лице появилось чопорное выражение;

тусклые глаза встретили мальчишеский взгляд, обшарили подбородок и нос.

Дуглас остановился перед инвалидной коляской.

— Мистер Квотермейн,— выговорил он.

И протянул тарелку сквозь теплый воздух прямо в руки Квотермейну.

Сначала старик и пальцем не пошевелил. Потом будто бы проснулся и удивленно принял тарелку. Это подношение озадачило его сверх всякой меры.

— Благодарю,— сказал он, только очень тихо, никто даже не услышал.

Его губы тронули кусочек белого марципана. Все замерли.

— Рехнулся, Дуг? — зашипел Бо, оттаскивая Дуга от коляски.— Спятил? У нас что сегодня, День примирения? Хочешь, чтоб с тебя эполеты сорвали — только скажи. С какой радости потчевать этого старого хрена?

«А с такой,— подумал Дуглас, но не сказал вслух,— с такой радости, что... что я уловил, как он *дышит*».

ГЛАВА 31

Проиграл, думал Квотермейн. Эту партию я проиграл. Шах. Мат.

Под умирающим предзакатным солнцем Блик толкал перед собой его инвалидное кресло, будто тачку с корзиной урюка. На глаза наворачивались слезы, и Квотермейн ругал себя за это последними словами.

— Господи! — воскликнул он.— Что же это было?

Блик ответил, что и сам не уверен: с одной стороны, серьезное поражение, но с другой — маленькая победа.

— Ты что, издеваешься — «маленькая победа»?! — рявкнул Квотермейн.

— Ладно, ладно,— сказал Блик.— Больше не буду.

— Ни с того ни с сего,— разволновался Квотермейн,— с размаху мальчишке...

Тут ему пришлось сделать паузу, чтобы справиться с удушьем.

— ...По физиономии,— продолжил он.— Прямо по физиономии.— Квотермейн касался пальцами губ, точно вытаскивая из себя слова. Он тогда ясно увидел: из мальчишеских глаз, как из открытой двери, выглядывал он сам.— А я-то при чем?

Блик не отвечал; он по-прежнему вез Квотермейна через блики и тени.

Квотермейн даже не пытался самостоятельно крутить колеса своего инвалидного кресла. Сгорбившись, он неотрывно смотрел туда, где заканчивались проплывающие мимо деревья и белесая река тротуара.

— Нет, в самом деле, что стряслось?

— Если ты сам теряешься,— сказал Блик,— то я — тем более.

— Мне казалось, победа обеспечена. Вроде расчет был хитрый, тонкий, с подковыркой. И все напрасно.

— Да уж,— согласился Блик.

— Не могу понять. Все складывалось в мою пользу.

— Ты сам их вывел вперед. Расшевелил.

— Только и всего? Значит, победа за ними.

— Пожалуй, хотя они, скорее всего, этого не ведают. Каждый твой ход, в том числе и вынужденный,— начал Блик,— каждый приступ боли, каждое касание смерти, даже смерть — это им на руку. Победа там, где есть движение вперед. В шахматах и то победа никогда не приходит к игроку, который только и делает, что сидит и размышляет над следующим ходом.

Следующий квартал они миновали в молчании; потом Квотермейн заявил:

— А все-таки Брейлинг был не в своем уме.

— Ты про метроном? Да уж.— Блик покачал головой.— Запугал себя до смерти, а то, глядишь, остался бы жив. Он думал, можно стоять на месте и даже пятиться назад. Хотел обмануть жизнь, а что получил? Надгробные речи да торопливые похороны.

Они свернули за угол.

— До чего же трудно отпускать,— вздохнул Квотермейн.— Вот я, например, всю жизнь цепляюсь за то, к чему единожды прикоснулся. Вразуми меня, Блик!

И Блик послушно начал его вразумлять:

— Прежде чем научиться отпускать, научись удерживать. Жизнь нельзя брать за горло — она послушна только легкому касанию. Не переусердствуй: где-то нужно дать ей волю, а где-то пойти на поводу. Считай, что сидишь в лодке. Заводи себе мотор да сплавляйся по течению. Но как только услышишь прямо по курсу крепнущий рев водопада, выбрось за борт старый хлам, повяжи лучший галстук, надень выходную шляпу, закури сигару — и полный вперед, пока не навернешься. Вот где настоящий триумф. А спорить с водопадом — это пустое.

— Давай-ка еще кружок сделаем.
— Как скажешь.

Косые лучи падали сквозь листву, мерцая на тонкой, словно калька, коже стариковских запястий; тени играли с угасающим светом. Каждое движение сопровождалось еле слышными шепотками.

— Ни с того ни с сего. Прямо в лицо... А ведь он мне принес кусок торта, Блик.
— Да, я видел.
— Почему, почему он это сделал? Таращился на меня — и как будто впервые видел. Не в этом ли причина? Нет? Почему же он так поступил? А ведь из него выглядывал не кто иной, как я. И уже тогда я понял, что проиграл.
— Скажем так: не победил. Но и не проиграл.
— Что на меня нашло? Я возненавидел это чудовище, а потом вдруг возненавидел самого себя. Но почему?
— Потому, что он не приходится тебе сыном.
— Глупости!
— И тем не менее. Насколько мне известно, ты никогда не состоял в браке...
— Никогда!
— И детей не прижил?
— Еще не хватало! Скажешь тоже!
— Ты отрезал себя от жизни. А этот мальчуган тебя подсоединил обратно. Он — твой несостояв-

шийся внучок, от него к тебе могла бы идти подпитка, жизненная энергия.

— Верится с трудом.

— Сейчас ты обретаешь себя. Кто обрезал телефонные провода, тот потерял связь с миром. Другой бы продолжал жить в своем сыне и в сыне своего сына, а ты уже собирался на свалку. Этот парнишка напомнил тебе о неотвратимости конца.

— Довольно, довольно! — Вцепившись пальцами в жесткие резиновые шины, Квотермейн резко остановил кресло-каталку.

— От правды не уйдешь,— сказал Блик.— Мы с тобою два старых дурака. Ума набираться поздно, остается только подтрунивать над собой — все лучше, чем делать вид, будто так и надо.

Блик расцепил пальцы друга и свернул за угол; умирающее солнце окрасило стариковские щеки здоровым румянцем.

— Понимаешь,— добавил он,— вначале жизнь дает нам все. Потом все отнимает. Молодость, любовь, счастье, друзей. Под занавес это канет во тьму. У нас и в мыслях не было, что ее — жизнь — можно завещать другим. Завещать свой облик, молодость. Передать дальше. Подарить. Жизнь дается нам только на время. Пользуйся, пока можешь, а потом без слез отпусти. Это диковинная эстафетная палочка — одному богу известно, где произойдет ее передача. Но ты уже пошел на последний круг, а тебя никто не ждет. Эстафету передать некому.

Бежал, бежал — и все напрасно. Только команду подвел.

— Вот как?

— Именно так. Ты не причинил мальчишке никакого вреда. Просто хотел заставить его немного повзрослеть. Было время, вы оба с ним наделали ошибок. Теперь оба ноздря в ноздрю идете к победе. Не по своей воле — просто деваться вам некуда.

— Нет, пока что у него есть фора. Была у меня мысль — растить этих сорванцов, как саженцы для могилы. А я всего-навсего предложил им...

— ...любовь,— закончил Блик.

Квотермейн так и не выдавил из себя это слово. Приторное, слащавое. Такое пошлое, такое правдивое, такое докучливое, такое чудесное, такое пугающее и в конечном счете для него совершенно потерянное.

— Они победили. Мне-то хотелось — подумать только! — оказать им услугу. Где были мои глаза? Я хотел, чтобы они занимались мышиной вознёй, как мы, чтобы увядали и приходили от этого в ужас и умирали, как умираю я. Но они не понимают, они остаются в неведении, они еще счастливее, чем были мы,— если такое возможно.

— Разумеется.— Блик толкал перед собой кресло.— Счастливее. Но в сущности, стареть не так уж плохо. Все нипочем, если присутствует в твоей судьбе одна штука. Присутствует — значит, порядок.

Опять это невыносимое слово!

— Замолчи!

— Мыслям не прикажешь,— отозвался Блик, с трудом прогоняя улыбку, тронувшую морщинистые губы.

— Допустим, ты прав, допустим, я жалкая личность, торчу здесь, как плаксивый идиот!

Солнечные веснушки пробежали по его рукам, покрытым бурыми пятнами. На какой-то миг эти узоры сложились один к одному, как в разрезной картинке, и руки сделались мускулистыми, загорелыми и молодыми. Он не поверил своим глазам: куда исчезли старость и дряхлость? Но веснушки уже заплясали, замигали под проплывающими кронами деревьев.

— Что мне делать, как быть дальше? Помоги, Блик.

— Каждый сам себе помощник. Ты направлялся к пропасти. Я тебя предостерег. Мальчишек теперь не удержишь. Будь у тебя побольше здравого смысла, ты бы мог поддержать их бунт: пусть бы не взрослели, жили бы эгоистами. Тогда бы узнали, почем фунт лиха!

— Ты задним умом крепок.

— Скажи спасибо, что я раньше не додумался. Хуже нет, если человек застрял в детстве. Сплошь и рядом такое вижу. В каждом доме есть дети. Гляди — это дом бедняжки Леоноры. А вот там живут две старые девы со своей Зеленой машиной. Дети,

дети, не знающие любви. Теперь взгляни туда. Овраг. Душегуб. Это тоже жизнь: ребенок в обличье мужчины. Вот где собака зарыта. Дай срок — любого из тех мальчишек можно превратить в Душегуба. Но ты ошибся в выборе стратегии. Силком ничего не добьешься. Недоросля нужно всячески баловать. Пусть не прощает обид и обрастает ядовитыми шипами. Пусть дорожит островками злобы и несправедливости. Если уж ты хотел их покарать, лучше всего было бы сказать: «Бунтуйте! Я с вами, переходим в наступление! Да здравствует хамство! Перебьем всех гадов и сволочей, что стоят нам поперек дороги!»

— Уймись. Все равно у меня к ним ненависти больше нет. Ну и денек, поди разберись. Я ведь и вправду выглядывал из-за его лица. Точно говорю, я там был, влюбленный в ту девчушку. Прожитых лет как не бывало. Я снова увидел Лайзу.

— Не исключено, что события можно повернуть вспять. В каждом из нас живет ребенок. Запереть его на веки вечные — дело нехитрое. Сделай еще одну попытку.

— Нет. С меня довольно. Хватит с меня войны. Пусть отправляются на все четыре стороны. Смогут заслужить для себя жизнь получше моей — на здоровье. Теперь у меня язык не повернется пожелать им такой жизни, как моя. Не забывай: я смотрел его глазами, я видел ее. Боже, какое дивное личико! Ко мне вдруг вернулась молодость. Давай-ка к дому. Хочу составить планы на год вперед. Требуется кое-что прикинуть.

— Слушаюсь, Эбенезер.

— Нет, не Эбенезер и даже не Скрудж. А неизвестно кто. Я еще не решил. Такие дела наспех не делаются. Знаю одно: я не тот, что прежде. Пока не могу сказать, чем займусь дальше.

— Займись благотворительностью.

— Это не по мне, сам знаешь.

— У тебя же есть брат.

— Ну да, в Калифорнии живет.

— Когда вы в последний раз виделись?

— Дай бог памяти: лет тридцать назад.

— У него ведь и дети есть, правда?

— Кажется, есть. Две дочки и сын. Взрослые уже. У самих дети.

— Вот и напиши им.

— О чем писать-то?

— Пригласи в гости. Места всем хватит. А один из племянников, может статься, чем-то смахивает на тебя. Вот что мне пришло в голову: коль скоро у тебя нет собственной надежды на продолжение рода, на бессмертие — называй как хочешь,— можно поискать такую надежду в доме брата. Сдается мне, ты бы охотно взял на себя некоторые заботы.

— Бред.

— Нет, здравый смысл. Для женитьбы и отцовства ты слишком стар; остается только экспериментировать. Сам знаешь, как в жизни бывает. Один ребенок похож на отца, другой на мать, а третий пошел в кого-то из дальних родственников. Не думаешь, что такое сходство будет тебя согревать?

— Слишком уж примитивно.

— А все-таки обмозговать стоит. Да не тяни, а то опять станешь кем был — вредным старикашкой.

— Вот, значит, кем я был? Так-так. А ведь старался не скатываться до вредности, да, видно, не удержался. А сам-то ты не вредный, Блик?

— Нисколько, потому что я над собой работал. Навредить могу только себе. Но за свои ошибки других не виню. У меня тоже есть недостатки, просто не такие, как у тебя. К примеру, гипертрофированное чувство юмора.— С этими словами Блик то ли подмигнул, то ли просто сощурился от уходящего солнца.

— Хорошо бы и мне вооружиться чувством юмора. Ты заходи почаще, Блик.— Непослушные пальцы Квотермейна сжали руку Блика.

— На кой ты мне сдался, старый чертяка?

— Да ведь мы — Великая армия, забыл? Твоя обязанность — помогать мне думать.

— Слепые, ведущие увечных,— фыркнул Блик.— Вот мы и пришли.

Он остановился у аллеи перед облезлым серым строением.

— Неужели это мой дом? — удивился Квотермейн.— Страшен как смертный грех, господи прости! Покрасить его, что ли?

— Вот тебе, кстати, еще одна тема для размышлений.

— Не дом, а тихий ужас! Подкати меня к порогу, Блик.

И Блик покатил друга по аллее.

ГЛАВА 32

На дне пахнущего сыростью оврага, среди поздней летней зелени стояли Дуглас, Том и Чарли. В неподвижном воздухе комары устроили прихотливые танцы. Под собственный истошный писк.

— Все свалили,— проговорил Том.

Дуглас присел на валун и снял ботинки.

— Бабах, ты убит,— вполголоса сказал Том.

— Эх, если бы так! Лучше б я был убит,— вырвалось у Дуга.

Том спросил:

— А что, война окончена? Можно свертывать знамя?

— Какое еще знамя?

— Обыкновенное.

— Валяй. Свертывай. Только я не уверен, что война окончена раз и навсегда... просто она перешла в другую стадию. Надо бы разобраться, как это случилось.

Чарли заметил:

— А чего тут разбираться — ты же самолично поднес торт врагу. Где это видано...

— Тра-та-та-а-а,— напевал Том.

Он притворялся, будто свертывает большое полотнище в теплом и пустом неподвижном воздухе. Лучи уходящего солнца скользили по его фигурке, вытянувшейся в торжественной позе у тихого ручья.

— Тра-та-та-а-а. Тра-та-та-а-а,— тянул он.— Капитуляция.— По щеке скатилась слезинка.

— Замолчишь ты или нет? — не выдержал Дуглас.— Хватит!

Дуглас, Том и Чарли выбрались из оврага и побрели сквозь расчерченный и расфасованный город — проспектами, улицами и переулками, среди плотно населенных, сверкающих огнями высоток-тюрем, по строгим тротуарам и бескомпромиссным переулкам, а окраина осталась далеко-далеко — как будто море разом отхлынуло от берега их жизни, которую предстояло влачить в этом городишке еще лет сорок, отворяя и запирая двери, поднимая и опуская шторы; а зеленый лужок теперь казался далеким и чужим.

При взгляде на Тома Дугласу померещилось, что брат растет с каждой минутой. У него засосало под ложечкой, на ум пришла вкуснейшая домашняя еда, а перед глазами возникла Лисабелл, которая, задув свечи, преспокойно спалила четырнадцать прожитых лет,— необыкновенно привлекательная, нарядная, красивая. Почему-то вспомнился и Одиночка-Душегуб — вот уж кто одинок так одинок, никем не любим да еще сгинул неведомо куда.

У дома Чарли Дуглас остановился, чувствуя, что между ними пробежала черная кошка.

— Разрешите откланяться,— сказал Чарли.— Увидимся к ночи, на тусовке с дурехами-девчонками под носом у привидений.

— Ага, до встречи, Чарли.

— Пока, Чарли,— сказал Том.

— Да, кстати,— спохватился Чарли, оборачиваясь к приятелям, точно вспомнил что-то важное.— Я вот что хотел сказать. Есть у меня дальний родственник двадцати пяти лет. Прикатил сегодня на «бьюике», да не один, а с женой. Дамочка из себя хоть куда, симпатичная. И я все утро думал: может, и упираться не стоит, когда враги станут тащить меня к двадцати пяти годам. Двадцать пять — достойный пожилой возраст. Если не запретят мне рассекать на «бьюике» с красоткой женушкой, так я на них зла держать не буду. А дальше — ни-ни! Чтобы никаких детей! Пойдут дети — пиши пропало. Нет, мне бы шикарную тачку да красивую подружку — и на озеро, купаться. Эх! Так можно хоть тридцать лет кайфовать! Вот бы тридцать лет прожить двадцатипятилетним. А там хоть трава не расти.

— Что ж, надо подумать,— выдавил Дуглас.

— Вот я приду домой и прямо сейчас подумаю,— сказал Чарли.

— А войну-то когда продолжим? — не понял Том.

Дуглас и Чарли переглянулись.

— Черт, даже не знаю,— стушевался Дуг.

— Завтра, или на той неделе, или через месяц?

— Ну, как-то так.

— Отступать позорно! — заявил Том.

— Никто и не думает отступать,— заверил Чарли.— Выберем время — и повоюем, согласен, Дуг?

— А как же, самой собой!

— Подправим стратегию, определим боевые задачи, без этого никуда,— сказал Чарли.— Зря ты раскис, Том, будет тебе война.

— Обещаете? — со слезами на глазах вскричал Том.

— Вот-те крест, слово чести.

— Тогда ладно.— У Тома дрожали губы.

Тут со свистом налетел холодный ветер; да и то сказать, на смену позднему лету пришла ранняя осень.

— Дело ясное,— застенчиво улыбнулся Чарли, исподлобья поглядывая на Дуга.— Прощай, лето, не иначе.

— Это точно.

— Мы времени даром не теряли.

— Да уж.

— Но я не понял,— сказал Том,— кто победил-то?

Чарли с Дугласом уставились на младшего.

— Кто победил? Не глупи, Том! — Погрузившись в молчание, Дуглас некоторое время изучал небо, а потом пронзил взглядом соратников.— Откуда я знаю. Либо мы, либо они.

Чарли почесал за ухом.

— Все при своих. Первая война за всю историю человечества, когда все при своих. Уж не знаю, как это вышло. Ну, пока.— Он шагнул на тротуар и пересек палисадник, отворил дверь, помахал — и был таков.

— Вот и Чарли отвалил,— подытожил Дуглас.

— Ну, вообще тоска! — выговорил Том.

— В каком смысле?

— Сам не знаю. Крутится в голове тоскливая песня, вот и все.

— Не вздумай запеть!

— Нет, я молчу. А хочешь знать почему? Я для себя решил.

— Почему?

— Потому что пломбирный рожок быстро кончается.

— Что ты несешь?

— Пломбирного рожка надолго не хватает. Только лизнул верхушку — глядишь, остался один вафельный хвостик. На каникулах побежал купаться, не успел нырнуть — уже пора вылезать и опять в школу. Оттого и тоска берет.

— Это как посмотреть,— сказал Дуг.— Прикинь, сколько еще ждет впереди. Будет тебе и миллион рожков, и десять миллиардов яблочных пирогов, и сотни летних каникул. Кусай, глотай, ныряй — только поспевай.

— Вот бы,— размечтался Том,— добыть такой здоровенный пломбирный рожок, чтобы объедаться всю жизнь от пуза — и не доесть. Представляешь?

— Таких рожков не делают.

— Или вот еще,— размечтался Том.— Чтоб у летних каникул не наступал последний день. Или чтоб на утренниках показывали только фильмы с Баком Джонсом, как он скачет верхом, палит из револьвера, а индейцы валятся, точно пустые бутылки. Покажи мне хоть что-нибудь хорошее, чему не приходит конец, и у меня на радостях крыша съедет. В кино прямо реветь охота, когда на экране выплывает: «Конец фильма», а фильм-то был с Джеком Хокси или Кеном Мейнардом. Или вот еще: лопаешь попкорн, а в пакете остается одна-единственная кукурузинка.

— Угомонись,— сказал Дуг.— Нечего себя накручивать. Ты, главное, внуши себе: черт побери, будут еще десять тысяч утренников, и очень скоро.

— Пришли. Чего мы такого сегодня сделали, за что полагается нахлобучка?

— Да вроде ничего.

— Тогда вперед.

И они, входя в дом, не преминули хлопнуть дверью.

ГЛАВА 33

Дом этот стоял на краю оврага. Сразу было видно: молва не врет, здесь обитают привидения.

В девять вечера Том, Чарли и Бо, под командованием Дуга, вскарабкались по склону и остановились перед нехорошим домом. Вдалеке пробили городские часы.

— Ну вот,— проговорил Дуг и повертел головой вправо-влево, словно что-то высматривая.

— Дальше-то что? — спросил Том.

— Слышь,— сказал Бо,— а правду говорят, будто здесь водится нечистая сила?

— В восемь вечера тут еще спокойно, так я слышал,— ответил Дуг.— И в девять тоже. Зато ближе к десяти из этого дома начинают доноситься странные звуки. Надо бы здесь покрутиться да узнать, что к чему. Вдобавок Лисабелл с подружками грозились прийти. Поживем — увидим.

Они потоптались возле разросшихся у крыльца кустарников, и очень скоро на небосклоне взошла луна.

Лето, прощай

Тут до их слуха донеслись чьи-то шаги по невидимой тропинке, а из дома послышался скрип невидимых ступенек.

Дуг насторожился и вытянул шею, но так и не разглядел, что же происходит за оконными переплётами.

— Ёлки-палки,— подал голос Чарли.— Чего мы тут забыли? Тоска зелёная. А мне ещё уроки учить. Буду-ка я двигать к дому.

— Стой,— приказал Дуг.— Надо выждать ещё пару минут.

Они выжидали; луна поднималась всё выше. А потом, в самом начале одиннадцатого, как только растаял последний удар городских часов, они услышали доносившийся из дома шум. Поначалу тихий, едва различимый: просто шорох и царапанье, будто внутри кто-то передвигал сундуки.

Ещё через несколько минут раздался отрывистый выкрик, за ним другой, потом опять шепотки, шорохи, а под конец — глухой стук.

— А вот это,— сказал Дуг,— уж точно привидения. Видно, там людей убивают и волоком перетаскивают трупы из комнаты в комнату. Похоже на то, правда?

— Тьфу на тебя,— буркнул Чарли.— Откуда я знаю?

— А я — тем более,— поддакнул Бо.

— Вот что,— сказал Чарли,— мне это обрыдло. Если там снова заорут, я пас.

Они затаили дыхание. Тишина. И вдруг вопли, стоны, а среди этого — слабый зов: «Помогите!»

Потом все смолкло.

— К чертям собачьим,— не выдержал Чарли.— Я сваливаю.

— И я,— подхватил Бо.

Они развернулись и дали деру.

Шепот сделался зловещим; у Дуга волосы встали дыбом.

— Ты как хочешь,— сказал Том,— а я пошел. Нравится тебе слушать, как привидения воют,— слушай сколько влезет, только без меня. Дома увидимся, Дуг.

Том пустился наутек.

Дуглас остался один; он долго разглядывал заброшенный дом. Через некоторое время у него за спиной, на тропинке, возникло какое-то движение. Сжав кулаки, он обернулся, готовый дать отпор полуночному врагу.

— Лисабелл,— изумился он.— Ты откуда?

— Сказала же, что приду. А вот ты, интересно знать, что тут делаешь? Я думала, у тебя кишка тонка. Как по-твоему, правду люди говорят? Ты хоть что-нибудь выведал? По мне, все это враки, а ты как считаешь? Привидений не бывает, согласен? А значит, это дом как дом.

— Мы решили выждать,— сказал Дуг,— и посмотреть, что будет. Но ребята струхнули, я один остался. Как видишь, стою, выжидаю, слушаю.

Они прислушались вместе. Из дома вырвался тягучий стон, который поплыл по ночному воздуху.

Лисабелл спросила:

— Это и есть призрак?

Дуг весь обратился в слух.

— Вроде того.

Через мгновение опять раздался зловещий шепот, а за ним вопль.

— Двое их там, что ли?

— Похоже, тебе смешно.— Дуг заглянул ей в глаза.

— Сама не знаю,— сказала Лисабелл.— Странно это все. Чем больше слушаю, тем...— Она сверкнула непонятной улыбкой.

Шепотки, вопли и бормотание становились все громче; Дугласа бросало то в жар, то в холод.

В конце концов он нагнулся, поднял с земли камень и с размаху запустил в окно.

Оконное стекло разлетелось вдребезги; дверь медленно отворилась. И вдруг все привидения завыли в один голос.

— Дуг, ты что?! — вскричала Лисабелл.— Зачем?

— Просто...— начал Дуг.

И тут случилось нечто.

Затопотали ноги, лавиной обрушился ропот, и кружащийся сонм белых фигур вырвался из дверей, слетел по ступеням крыльца и устремился по тропинке в овраг.

— Дуг, — повторила Лисабелл. — Зачем ты это сделал?

— Просто терпение лопнуло, — сказал Дуг. — На них тоже можно нагнать страху. Кто-то же должен был их турнуть, раз и навсегда. Спорим, они больше не вернутся.

— Отвратительно, — сказала Лисабелл. — Кому мешали привидения?

— По какому праву, — спросил Дуг, — они тут ошивались? Мы даже не знаем, кто они такие.

— Ах так? — сурово сказала Лисабелл. — Это тебе даром не пройдет.

— Что-что? — не понял Дуглас.

Тогда Лисабелл шагнула к нему, схватила за уши и что было сил поцеловала прямо в губы. Поцелуй длился какое-то мгновение, но, как разряд молнии, ударил Дугласа в лицо, исказил его черты и скрутил болью все тело.

Его затрясло с головы до ног; из вытянутых пальцев разве что не сыпались искры. Веки трепетали, со лба ручьями тек пот. У него перехватило дыхание.

Лисабелл отступила назад и полюбовалась собственным творением: Дуглас Сполдинг, шарахнутый молнией.

Дуглас отпрянул, чтобы она больше не смогла до него добраться. Лисабелл весело расхохоталась.

— Вот так-то! — воскликнула она.— Поделом тебе!

С этими словами она пустилась бежать, а Дуглас, сокрушенный, с раскрытым ртом и дрожащими губами, остался стоять под незримым дождем, среди неслыханной грозы, мучаясь то от жара, то от озноба.

Разряд молнии настиг его снова, только на этот раз в мыслях, и ударил еще сильней, чем прежде.

Дуглас медленно опустился на колени; голова у него подрагивала, а все мысли были о том, что же с ним произошло и куда подевалась Лисабелл.

Он окинул взглядом опустевший дом. Ему даже захотелось подняться по ступенькам и проверить, не сам ли он только что вылетел из дверей.

— Том,— зашептал он.— Отведи меня домой.— И только сейчас вспомнил: Том давно смылся.

Развернувшись, Дуглас споткнулся, едва не полетел кубарем в овраг и попытался сообразить, в какой стороне лежит дорога домой.

ГЛАВА 34

Спросонья Квотермейн рассмеялся.

Он лежал в постели и гадал, с чего бы это. Что именно ему приснилось — теперь уж было не вспомнить, но что-то поистине восхитительное, пробежавшее улыбкой по лицу и лукаво хохотнувшее под ребрами. Силы небесные! Что ж это такое?

Не зажигая лампы, он набрал номер Блика.

— Тебе известно, который час? — возмутился Блик.— У тебя есть лишь один повод изводить меня ночными звонками — твоя идиотская война. Но ты, кажется, заверял, что с глупостями покончено?!

— Разумеется, разумеется.

— Что «разумеется»? — рявкнул Блик.

— Покончено,— уточнил Квотермейн.— Осталось лишь слегка подстраховаться. Чтобы, говоря твоими словами, расслабиться и получить удовольствие. Помнишь, Блик, как мы с тобою давным-давно собрали коллекцию разных диковинок и уродцев, чтобы выставить на городской ярмарке? Скажи-ка, есть ли возможность разыскать эти склянки? Не завалялись ли они где-нибудь на чердаке или в подвале?

— Разыскать можно. Только зачем?
— Тогда разыщи. Обмахни от пыли. Вынесем их еще разок на свет божий. Собирай нашу седовласую армию. За дело! Время пошло.

Звяк. Динь.

ГЛАВА 35

Над входом в шатер висела дощечка с намалеванным на ней огромным вопросительным знаком. Шатер вырос на берегу озера; внутри разместился устроенный на скорую руку ярмарочный павильон. Там сделали дощатый помост, однако ни уродцев, ни диковинных зверушек, ни фокусников, ни публики еще не было. Каким-то чудом шатер возник за одну ночь, будто сам по себе.

На другом конце города ухмылялся Квотермейн. Дуглас, придя наутро в школу, обнаружил у себя в парте записку, причем без подписи. В ней крупными печатными буквами черным по белому было написано: РАЗГАДКА ТАЙН ЖИЗНИ. ??? У ОЗЕРА. ВХОД ОГРАНИЧЕН. Записка пошла по рукам, и, как только учеников распустили на обед, мальчишки сломя голову помчались в указанное место. Войдя с друзьями в шатер, Дуглас был горько разочарован. «Что за дела: ни скелетов, ни динозавров, ни бесноватых полковников на поле боя»,— подумал он. Только темный брезент, невысокий настил да еще... Дуглас вгляделся в темноту. Чарли прищурился. Последними втянули запах старой древесины и рубероида Уилл, Бо и Том. В павильоне не оказалось даже распорядителя в цилиндре и с указкой в руке. А было вот что...

Тут и там на лотках поблескивали трехлитровые и шестилитровые стеклянные банки, до краев наполненные густой прозрачной жидкостью. Каждая банка была закупорена притертой стеклянной крышкой, и каждая крышка имела свой номер, коряво выведенный красной краской, — от одного до двенадцати. А внутри банок... может, к этим штуковинам и относился огромный вопросительный знак над входом.

— Фигня какая-то, — проворчал Бо. — Посмотреть не на что. Надули нас. Пока, ребята.

Круто развернувшись, он отбросил край шатра и вышел.

— Постой, — окликнул Дуглас, но Бо уже и след простыл. — Том, Чарли, Уилл, вы-то не уйдете? Кто уйдет, тот много потеряет.

— А что тут делать — на пустые банки пялиться?

— Обождите-ка, — сказал Дуглас. — Банки не пустые. Что-то в них плавает. Айда, поглядим поближе.

С опаской двигаясь вдоль настила, они рассматривали банку за банкой. На этих прозрачных емкостях не было ни одной этикетки: стоят себе и стоят стеклянные баллоны с чем-то жидким, а к ним подведена мягкая подсветка, пульсирующая в толще жидкости и бросающая отблески на их растерянные, покрасневшие физиономии.

— Чего это такое? — спросил Том.

— Кто его знает? Разберемся.

Глаза шарили по настилу, стреляли в стороны, задерживались, опять задерживались и снова стреляли в стороны, разглядывали, изучали; носы расплющивались о стекло, рты не закрывались.

— Что здесь такое, Дуг? А это? А вон там?

— Понятия не имею. Ну-ка, пропустите!

Дуг вернулся к началу и присел на корточки перед первой банкой; его глаза оказались вровень с непонятным содержимым.

За сверкающим стеклом плавало нечто бесформенно-серое, похожее на дохлую устрицу-переростка. Изучив этот комок со всех сторон, Дуг пробормотал что-то себе под нос, распрямился и двинулся дальше. Мальчишки не отставали.

Во второй банке болталась какая-то прозрачная водоросль; нет, скорее морской конек, вот-вот, крошечный морской конек!

В третьей виднелось кое-что покрупнее — вроде как освежеванный крольчонок или котенок...

Мальчишеские взгляды переходили с одного экспоната на другой, стреляли в сторону, задерживались, раз за разом возвращались к первой банке, ко второй, третьей, четвертой.

— Ух ты, а тут что, Дуг?

Номер пять, номер шесть, номер семь.

— Глядите!

По общему мнению, это был очередной зверек: то ли белка, то ли мартышка — ага, точно, мартышка, только шкура почему-то прозрачная и мордочка непонятная, грустная какая-то.

Восемь, девять, десять, одиннадцать — только цифры, никаких наименований. Ни намека на то, что же такое плавало в банках и почему от одного взгляда на эти диковины кровь стыла в жилах. Дойдя до конца этого ряда, возле указателя «Выход», все сгрудились у последней банки, наклонились и вытаращили глаза.

— Не может быть!
— Откуда что взялось?
— Так и есть,— выдохнул Дуглас.— Младенец!
— Какой еще младенец?
— Мертвый, как видишь.
— Это ясно... только как он туда...

Все взгляды устремились к началу — одиннадцать, десять, девять, восемь, семь, шесть, пять, потом четыре и три, потом два и, наконец, номер один — все та же бледная завитушка, похожая на устрицу.

— Если это ребенок...
— Тогда,— цепенея, подхватил Уилл,— что за фиговины засунуты в другие банки?

Дуглас пересчитал банки туда и обратно, но не произнес ни звука, только покрылся гусиной кожей.

— Что тут скажешь?

— Не тяни, Дуг.

— В других банках...— начал Дуглас, помрачнев лицом и голосом,— в них... тоже младенцы!

Эти слова шестью кувалдами ударили по шести солнечным сплетениям.

— Уж больно мелкие!

— Может, это пришельцы из другого мира.

«Из другого мира,— беззвучно повторил Дуглас.— Другой мир утопили в этих банках. Другой мир».

— Медузы,— предположил Чарли.— Кальмары. Ну, сам знаешь.

«Знаю, знаю,— подумал Дуглас.— Водный мир».

— Глазенки-то голубые,— прошептал Уилл.— На нас вылупился.

— Скажешь тоже,— бросил Дуг.— Это же утопленник.

— Пошли отсюда, Дуг,— зашептал Том.— У меня поджилки трясутся.

— Фу-ты ну-ты, поджилки у него трясутся,— возмутился Чарли.— Меня, например, всего колотит. Откуда здесь эти козявки?

— Без понятия.— У Дугласа зачесались локти.

— Помните, в том году приезжал музей восковых фигур? Вот и здесь — типа того.

— При чем тут восковые фигуры? — сказал Том.— Прикинь, Дуг, это же настоящий ребенок, он когда-то живым был. Впервые вижу, чтоб такой маленький — и уже мертвяк. Ох, меня сейчас вырвет.

— Беги на воздух! Скорей!

Тома как ветром сдуло. В следующее мгновение Чарли тоже попятился к выходу, переводя взгляд от младенца к подобию медузы и дальше, к чему-то вроде отрезанного уха.

— Почему нам никто ничего не объясняет? — спросил Уилл.

— Возможно, потому, — с расстановкой ответил Дуг, — что боятся, или не могут, или не хотят.

— Господи, — поежился Уилл. — Холодина-то какая.

За брезентовыми стенами шатра Том содрогался от приступа рвоты.

— Эй, смотрите! — закричал вдруг Уилл. — Шевельнулся!

Дуг потянулся к банке.

— Ничего подобного.

— Шевельнулся, гаденыш. Видать, не понравились мы ему! Шевельнулся, точно говорю! Ну, с меня хватит. Бывай, Дуг.

И Дуг остался один в темном шатре, среди холодных стеклянных банок с крошечными слепцами, которые вперились в стекло незрячими глазками, повествующими о том, как жутко быть мертвым.

Спросить-то некого, размышлял Дуглас, кругом ни души. Спросить некого, поделиться не с кем. Как докопаться до сути? Узнаем ли мы правду?

Из другого конца палаточного музея раздался пронзительный смешок. Это в шатер вбежали шестеро хихикающих девчонок, которые впустили внутрь яркий клин дневного света.

Когда полог вернулся в прежнее положение и шатер снова погрузился в полумрак, веселье как рукой сняло.

Дуг отвернулся и наугад шагнул к выходу.

Он набрал полную грудь теплого воздуха, отдающего летом, и крепко зажмурился. У него так и стояли перед глазами тумбы, лотки, банки с тягучим раствором, а в этом растворе плавали жутковатые кусочки плоти, непонятные существа из нехоженых краев. Одно походило на лягушку с половинкой глаза и половинкой лапки, но он знал, что это не то. Другое смахивало на клок, вырванный из привидения, на сверхъестественный сгусток, вылетевший из окутанного туманом фолианта в ночном книгохранилище, но нет. Третье напоминало мертворожденного щенка любимой собаки, но как бы не так. Перед его мысленным взором содержимое банок таяло, раствор соединялся с раствором, свет со светом. Но если быстро переводить взгляд с одной банки на другую, удавалось почти оживить содержимое: перед глазами вроде как прокручивалась пленка, на которой мелкие детали становились крупнее, потом еще крупнее, приобретали очертания пальца, кисти, ладони, запястья, локтя, а последнее существо стряхивало сон, широко открывало тусклые голубые глазки, лишенные ресниц, и, уставившись прямо на тебя, беззвучно кричало: «Смотри! Разглядывай! Я здесь в вечном плену! Кто я? Кто я — вот в чем вопрос, кто, кто? Эй ты, там, снаружи, любопытный зевака, не кажется ли тебе, что я — это... ты?»

Рядом с ним, по щиколотку в траве, стояли Чарли, Уилл и Том.

— Как это понимать? — шепотом спросил Уилл.

— Я чуть не...— начал Дуг, но его перебил Том, давившийся слезами.

— Что-то я нюни распустил.

— С кем не бывает,— сказал Уилл, но и у него глаза были на мокром месте.— Тьфу ты,— пробормотал он.

Рядом раздался какой-то скрип. Краем глаза Дуглас увидел женщину с коляской, в которой нечто ворочалось и плакало.

Кроме этой женщины в толпе еще выделялась парочка: молодая красотка под руку с моряком. А у самой воды девчонки с развевающимися волосами играли в пятнашки, увертывались и прыгали, мерили песок резвыми ножками. Их стайка убегала все дальше по берегу, и под трели девчоночьего смеха Дуглас опять повернулся к пологу шатра и к большому вопросительному знаку.

Ноги сами понесли его, как лунатика, прямо ко входу.

— Дуг! — окликнул Том.— Ты куда? Снова эту дрянь разглядывать?

— Хотя бы.

— Делать тебе нечего, что ли? — взорвался Уилл.— Страхолюдины заспиртованные, в банках из-под соленых огурцов. Я домой пошел. Айда, парни.

— Как хотите,— сказал Дуг.

— И вообще,— Уилл провел ладонью по лбу,— голова у меня раскалывается. С перепугу, наверное. А у вас?

— Чего пугаться-то? — сказал Том.— Сам же говоришь: заспиртованные они.

— Пока, ребята.— Дуглас медленно приблизился к шатру и остановился у мрачного входа.— Том, дождись меня.— И Дуг скрылся за пологом.

— Дуг! — крикнул, побледнев, Том в сторону шатра, помоста и банок с невиданными уродцами.— Осторожней там, Дуг! Будь начеку!

Ринувшись было следом, он обхватил себя за локти, чтобы унять дрожь, заскрипел зубами и остался стоять — наполовину в ночи, наполовину при свете дня.

III
АППОМАТОКС

ГЛАВА 36

Почему-то весь городок заполонили девчонки: они то бегали, то чинно прогуливались, то скрывались в дверях, то выскакивали на улицу, толкались в дешевом магазинчике, сидели, болтая ногами, у стойки с газировкой, отражались в зеркалах и витринах, ступали на проезжую часть и поднимались на тротуар, и все как на подбор вопреки осени пестрели яркими платьицами, и все как одна — ну ладно, не все, но почти все — подставляли волосы ветру, и все опускали глаза, чтобы проследить, куда направятся их туфельки.

Это девчоночье нашествие приключилось нежданно-негаданно, и Дуглас, шагавший по городу, как по зеркальному лабиринту, оказался почему-то вблизи оврага, начал продираться сквозь джунгли кустарников и только теперь понял, куда его занесло. С верхушки косогора ему мерещился озерный берег, песок и шатер с вопросительным знаком.

Он пошел куда глаза глядят и необъяснимыми путями забрел в палисадник мистера Квотермейна, где остановился как вкопанный и стал ждать неизвестно чего.

Квотермейн, почти невидимый на затененной веранде, подался вперед в кресле-качалке: заскрипело плетеное сиденье, заскрипели кости. Некоторое время старик смотрел в одну сторону, а мальчик в другую, пока они не встретились взглядом.

— Дуглас Сполдинг? — уточнил Квотермейн.

— Мистер Квотермейн? — уточнил мальчик.

Как будто никогда прежде не встречались.

— Дуглас Сполдинг.— На сей раз это было подтверждение, а не вопрос.— Дуглас Хинкстон Сполдинг.

— Сэр.— Мальчик тоже подтверждал, а не спрашивал.— Мистер Келвин Си Квотермейн.— И добавил для верности: — Сэр.

— Так и будешь стоять посреди лужайки? — Дуглас удивился.

— Не знаю.

— Почему бы тебе не подойти поближе? — спросил Квотермейн.

— Мне домой пора,— сказал Дуглас.

— К чему такая спешка? Давай-ка сочтемся славой, освежим в памяти, как науськивали бойцовых псов, как сеяли панику в стане врага — нам ведь есть что вспомнить.

Дуглас еле удержался от смеха, но поймал себя на том, что не отваживается сделать первый шаг.

Лето, прощай

— Смотри сюда,— сказал Квотермейн,— вот я сейчас зубы выну и тогда уж точно тебя не укушу.

Он притворился, будто вытаскивает изо рта вставные челюсти, но вскоре оставил эту затею, потому что Дуглас уже оказался на первой ступеньке, потом на второй и, наконец, ступил на веранду, а там старик кивком указал на свободное кресло-качалку.

После чего случилась удивительная вещь.

Как только Дуглас опустился в кресло, дощатый настил веранды чуток просел под его весом, буквально на полдюйма.

Одновременно с этим мистер Квотермейн почувствовал, как плетеное сиденье приподнялось под ним на те же полдюйма!

А дальше Квотермейн устроился поудобней, и настил просел уже под его креслом.

В тот же миг кресло Дугласа беззвучно поползло вверх, этак на четверть дюйма.

Так и получилось, что каждый из них каким-то чутьем, каким-то полусознанием догадался, что они качаются на противоположных концах невидимой доски, которая в такт их неспешной беседе ходит вверх-вниз, вверх-вниз: сначала опускался Дуглас, а Квотермейна малость поднимало вверх, потом снижался Квотермейн, а Дуглас незаметно приподнимался — раз-два, выше-ниже, плавно-плавно.

Вот в ласковом воздухе умирающего лета оказался Квотермейн, а через мгновение — Дуглас.

— Сэр?

— Да, сынок?

А ведь раньше он меня так не называл, подумал Дуглас и с капелькой сочувствия отметил, как потеплело стариковское лицо.

Квотермейн склонился вперед.

— Пока ты не засыпал меня вопросами, дай-ка я у тебя у тебя кое-что выясню.

— Да, сэр?

Старик понизил голос и выдохнул:

— Тебе сколько лет?

Этот выдох проник сквозь губы Дугласа.

— Ммм... восемьдесят один?

— Что?!

— Ну, не знаю. Примерно так. Точней не скажу.

Помолчав, Дуглас решился:

— А вам, сэр?

— Однако...— протянул Квотермейн.

— Сэр?

— Хорошо, давай навскидку. Двенадцать?

— Сэр?!

— Не лучше ли сказать, тринадцать?

— В точку, сэр!

Вверх-вниз.

— Дуглас,— заговорил наконец Квотермейн.— Вот объясни. Что это за штука — жизнь?

— Ничего себе! — вскричал Дуглас.— Я то же самое у вас хотел спросить!

Квотермейн откинулся назад.

— Давай немного покачаемся.

А качели — ни туда ни сюда. Остановились — и как заколодило.

— Лето нынче затянулось,— проговорил старик.

— Я думал, ему конца не будет,— подтвердил Дуглас.

— Оно и не кончается. До поры до времени,— сказал Квотермейн.

Потянувшись к столику, он нащупал кувшин с лимонадом, наполнил стакан и передал Дугласу. Тот чинно сделал небольшой глоток. Квотермейн прокашлялся и стал изучать собственные руки.

— Аппоматокс,— произнес он.

Дуглас не понял:

— Сэр?

Квотермейн оглядел перила крыльца, ящики с кустами герани и плетеные кресла, в которых сидели они с мальчиком.

— Аппоматокс. Не доводилось слышать?

— В школе вроде бы проходили.

— Как узнать, кто из них ты и кто — я? Это важно.

— Из кого «из них», сэр?

— Из двух генералов, Дуг. Ли и Грант. Грант и Ли. У тебя какого цвета военная форма?

Дуглас оглядел свои рукава, штанины, башмаки.

— Стало быть, ответа нет,— заметил Квотермейн.

— Нет, сэр.

— Давно это было. Двое усталых, немолодых генералов. При Аппоматоксе.

— Да, сэр.

— Итак.— Кел Квотермейн наклонился вперед, поскрипывая тростниковыми костями.— Что ты хочешь узнать?

— Все,— выпалил Дуглас.

— Все? — Квотермейн хмыкнул себе под нос.— На это потребуется аж десять минут, никак не меньше.

— А если хоть что-нибудь? — спросил Дуглас.

— Хоть что-нибудь? Одну, конкретную вещь? Ну, ты загнул, Дуглас, для этого и всей жизни не хватит. Я довольно много размышлял на эту тему. «Все» с необычайной легкостью слетает у меня с языка. Другое дело «что-нибудь»! «Что-нибудь»! Пока разжуешь, челюсть вывихнешь. Так что давай-ка лучше побеседуем обо «всем», а там видно будет. Когда ты разговоришься и вычислишь одну-единственную, особенную, неизменную сущность, которая пребудет вечно, то сразу дай мне знать. Обещаешь?

— Обещаю.

— Итак, где мы остановились? Жизнь? Это, между прочим, тема из разряда «все». Хочешь узнать о жизни все?

Дуглас кивнул и потупился.

— Тогда наберись терпения.

Подняв глаза, Дуглас припечатал Квотермейна таким взглядом, в котором соединились терпение неба и терпение времени.

— Что ж, для начала...— он умолк и потянулся за пустым стаканом Дугласа,— освежись-ка, сынок.

Стакан наполнился лимонадом. Дуглас не заставил себя упрашивать.

— Жизнь,— повторил старик и что-то зашептал, забормотал, потом снова зашептал.

ГЛАВА 37

Среди ночи Келвина Квотермейна разбудил чей-то возглас или зов.

Кто же мог подать голос? Никто и ничто.

Он посмотрел в окно на круглый лик башенных часов и почти услышал, как они прочищают горло, чтобы возвестить три часа.

— Кто здесь? — выкрикнул Квотермейн в ночную прохладу.

Это я.

— Неужели опять ты? — Приподняв голову, Квотермейн посмотрел сначала налево, потом направо.

Да я, кто ж еще. Узнаешь?

И тут его взгляд скользнул вниз по одеялу.

Даже не протянув руку, чтобы удостовериться на ощупь, Квотермейн уже понял: его старинный дружок тут как тут. Правда, на последнем издыхании, но все же он самый.

Не было нужды отрывать голову от подушки и разглядывать скромный бугорок, возникший под одеялом пониже пупа, между ног. Так только, одно биение сердца, один удар пульса, потерянный отросток, призрак плоти. Однако все чин-чином.

— Ага, вернулся? — с короткой усмешкой бросил Квотермейн, глядя в потолок.— Давненько не виделись.

Ответом ему было слабенькое шевеление в знак их встречи.

— Ты надолго?

Невысокий холмик отсчитал два удара собственного сердца, нет, три, но не изъявил желания скрыться; похоже, он планировал задержаться.

— В последний раз прорезался? — спросил Квотермейн.

Кто знает? — последовал молчаливый ответ его старинного приятеля, угнездившегося среди блеклых проволочных завитков.

«Если голова медленно, но верно седеет — плевать,— когда-то давно сказал Квотермейн,— а вот когда там, внизу, появляются пегие клочки — пиши пропало. Пускай старость лезет куда угодно, только не туда!»

Однако старость пришла и к нему, и к его верному дружку. Везде, где можно, напылила мертвенно-снежную седину. Но не зря же сейчас возникло это биение сердца, осторожный, неправдоподобный толчок в знак приветствия, обещание весны, гряда воспоминаний, отголосок... этого... как его... вылетело из головы: как в городе называют удивительную нынешнюю пору, когда у всех соки бурлят?

«Прощай-лето».

Господи, ну конечно!

Эй, не пропадай. Побудь со мной. Без дружка плохо.

Дружок не пропал. И они побеседовали. В три часа ночи.

— Откуда на сердце такая радость? — спрашивал Квотермейн.— Что происходит? Я потерял рассудок? А может, исцелился? Не в этом ли заключено исцеление? — От непристойного смеха у него застучали зубы.

Да я только попрощаться хотел, шепнул слабый голосок.

— Попрощаться? — Квотермейн подавился собственным смехом.— Как это понимать?

Вот так и понимай, ответил все тот же шепот. *Лет-то сколько минуло. Пора закругляться.*

— И вправду пора.— У Квотермейна увлажнились глаза.— Куда, скажи на милость, ты собрался?

Трудно сказать. Придет время — узнаешь.

— Как же я узнаю?

Увидишь меня. Я тоже там буду.

— А как я пойму, что это ты?

Поймешь как-нибудь. Ты всегда все понимал, а уж меня — в первую очередь.

— Из города-то не исчезнешь?

Нет-нет. Я рядом. Но когда меня увидишь, не смущай других, ладно?

— Ни в коем случае.

Одеяло и пододеяльник начали опадать, холмик таял. Шепот стал едва различимым.

— Не знаю, куда ты собрался, но...— Квотермейн осекся.

Что «но»?

— Живи долго, в счастье и радости.

Спасибо.

Молчание. Тишина. Квотермейн не мог придумать, что еще сказать.

Тогда прощай?

Старик кивнул; влага застила ему глаза.

Кровать, одеяло, его собственное туловище сделались теперь плоскими как доска. То, что было при нем семьдесят лет, исчезло без следа.

— Прощай,— сказал Квотермейн в неподвижный ночной воздух.

«Все же интересно,— подумал он,— чертовски интересно, куда его понесло?»

Огромные часы наконец-то пробили три раза.

И мистер Квотермейн уснул.

В темноте Дуглас открыл глаза. Городские часы отсчитали последний из трех ударов.

Он поглядел в потолок. Ничего. Перевел взгляд в сторону окон. Ничего. Только легкое дуновение ночи шевелило бледные занавески.

— Кто там? — прошептал он.

Молчок.

— Кто-то тут есть,— прошептал он.

А выждав, снова спросил:

— Кто здесь?

Смотри сюда, раздался невнятный говорок.

— Что это?

Это я, был ответ откуда-то из темноты.

— Кто «я»?

Смотри сюда, опять прошелестело из темноты.

— Куда?

Вот сюда,— совсем тихо.

— Куда же?

И Дуглас поглядел по сторонам, а потом вниз.

— Сюда, что ли?

Ну наконец-то.

В самом низу его туловища, под грудной клеткой, ниже пупка, между бедер, там, где соединялись ноги. В том самом месте.

— Ты кто такой? — шепнул он.

Скоро узнаешь.

— Откуда ты выскочил?

Из прошлого в миллион веков. Из будущего в миллион веков.

— Это не ответ.

Другого не будет.

— Не ты ли был...

Где?

— Не ты ли был в том шатре?

Это как?

— Внутри. В стеклянных банках. Ты или не ты?

В некотором роде я.

— Что значит «в некотором роде»?

То и значит.

— Не понимаю.

Поймёшь, когда мы с тобой познакомимся поближе.

— Звать-то тебя как?

Как назовёшь. Имён — множество. Каждый мальчишка называет по-своему. Каждый мужчина за свою жизнь произносит это имя десять тысяч раз.

— Но я не...

Не понимаешь? Лежи себе спокойно. У тебя теперь два сердца. Послушай пульс. Одно бьётся у тебя в груди. А второе — ниже. Чувствуешь?

— Чувствую.

Ты и вправду чувствуешь два сердца?

— Да. Честное слово!

Тогда спи.

— А ты никуда не денешься, когда я проснусь?

Буду тебя поджидать. Проснусь первым. Спокойной ночи, дружище.

— Честно? Мы теперь друзья?

Каких у тебя прежде не бывало. Друзья на всю жизнь.

По полу затопотали заячьи лапы. Кто-то натолкнулся на кровать, кто-то нырнул под одеяло.

— Том, ты?

— Ага,— ответил голос из-под одеяла.— Можно, я рядышком посплю? Ну пожалуйста!

— Ты чего, Том?

— Сам не знаю. На меня страх напал: вдруг ты наутро исчезнешь или помрешь, а еще хуже — и то и другое разом.

— Я помирать не собираюсь, Том.

— Когда-нибудь все равно придется.

— Ну, знаешь...

— Так можно мне остаться?

— Ладно уж.

— Возьми меня за руку, Дуг. Да сожми покрепче.

— Зачем?

— Сам подумай: Земля крутится со скоростью двадцать пять тысяч миль в час или около того, верно? Перед сном обязательно нужно за что-нибудь уцепиться, а то сбросит тебя — и поминай как звали.

— Давай руку. Вот так. Теперь не страшно?

— Не-а. Теперь и поспать можно. А то я за тебя испугался.

Короткое молчание, вдох-выдох.

— Том?

— Ну?

— Как видишь, я тебя не кинул.

— Слава богу, Дуг, ох, слава богу.

В саду поднялся ветер; он раскачал ветки, отряхнул листья, все до единого, и погнал их по траве.

— Лето кончилось, Том.

Том прислушался.

— Прошло лето. Осень на дворе.

— Хэллоуин.

— Ого! Надо что-нибудь придумать.

— Я уже придумываю.

Они подумали вместе и вместе заснули.

Городские часы пробили четыре раза.

А бабушка села в постели, не зажигая света, и назвала по имени то самое время года, что намедни кончилось, миновало, кануло в прошлое.

Послесловие
КАК ВАЖНО УДИВЛЯТЬСЯ

Ход работы над моими романами можно описать при помощи такого сравнения: иду на кухню, задумав поджарить яичницу, но почему-то принимаюсь готовить праздничный обед. Начинаю с самого простого, но тут же возникают словесные ассоциации, которые ведут дальше, и в конце концов мною овладевает неутолимое желание узнать, какие неожиданности произойдут за следующим поворотом, в ближайший час, на другой день, через неделю.

Замысел романа «Лето, прощай» возник у меня лет пятьдесят пять тому назад, когда я был еще совсем зелен и не обладал должной начитанностью, чтобы создать хоть сколько-нибудь значимое произведение. Материал копился годами, но потом в одночасье захватил меня с головой и уже не переставал удивлять; тогда-то я и сел за машинку, чтобы писать рассказы и повести, которые впоследствии составили единое целое.

Лето, прощай

Основным местом действия в романе служит овраг; этот образ проходит сквозь всю мою жизнь. Наш дом стоял на маленькой улочке в Вокегане, штат Иллинойс; к востоку от дома был овраг, который тянулся на несколько миль к северу и югу, а потом описывал петлю, сворачивая к западу. Получалось, что я обитал на острове, откуда мог в любой момент нырнуть в овраг, навстречу разным приключениям.

Там можно было вообразить себя хоть в Африке, хоть на Марсе. Мало этого, через овраг я каждый день бегал в школу, а зимней порой здесь же гонял на лыжах и катался на санках, поэтому овраг занимал главное место в моей жизни; вполне естественно, что впоследствии он стал центром этого романа, по кромкам расположились все мои друзья, а рядом с ними еще и старики — удивительные живые хронометры.

Меня всегда тянуло к старым людям. Они входили в мою жизнь и шли дальше, а я увязывался за ними, засыпал вопросами и набирался ума, как явствует из этого романа, в котором главными героями выступают дети и старики, своеобразные Машины Времени.

Зачастую самые прочные дружеские отношения складывались у меня с людьми за восемьдесят, а то и за девяносто; при каждом удобном случае я донимал их расспросами про все на свете, а сам молча слушал и мотал на ус.

В некотором смысле «Лето, прощай» — это роман о том, как много можно узнать от стариков, если набраться смелости задать им кое-какие вопросы, а затем, не перебивая, выслушать, что они скажут. Вопросы, которые ставит Дуг, и ответы, которые дает мистер Квотермейн, служат организующим стержнем в отдельных главах и в развязке романа.

К чему я веду речь: ход событий определяется не мною. Вместо того чтобы управлять своими персонажами, я предоставляю им жить собственной жизнью и без помех выражать свое мнение. А сам только слушаю и записываю.

По сути дела, «Лето, прощай» служит продолжением романа «Вино из одуванчиков», увидевшего свет полвека назад. Я тогда принес рукопись в издательство и услышал: «Ну нет, такой объем не пойдет! Давайте-ка выпустим первые девяносто тысяч слов отдельным изданием, а что останется, отложим до лучших времен — пусть созреет для публикации». Весьма сырой вариант полного текста первоначально назывался у меня «Памятные синие холмы». Исходным заглавием той части, которая впоследствии превратилась в «Вино из одуванчиков», было «Летнее утро, летний вечер». Зато для этой, отвергнутой издателями книги название возникло сразу: «Лето, прощай».

Итак, все эти годы вторая часть «Вина из одуванчиков» дозревала до такого состояния, когда, с моей точки зрения, ее не стыдно явить миру. Я терпеливо ждал, чтобы эти главы романа обросли новыми мыслями и образами, придающими живость всему тексту.

Для меня самое главное — не переставать удивляться. Перед отходом ко сну я непременно даю себе наказ с утра пораньше обнаружить что-нибудь удивительное. В том-то и заключалась одна из самых захватывающих особенностей становления этого романа: мои наказы перед сном и удивительные открытия, сродни озарениям, поутру.

На все повествование наложило отпечаток влияние моих деда с бабушкой, а также тетки, Нейвы Брэдбери. Дед отличался мудростью и бесконечным терпением; он умел не просто объяснить, а еще и показать. Бабушка моя — настоящее чудо; она врожденным умом понимала внутренний мир мальчишек. А тетя Нейва приобщила и приохотила меня к тем метафорам, которые вошли в мою плоть и кровь. Ее заботами я воспитывался на самых лучших сказках, стихах, фильмах и спектаклях, с горячностью ловил все происходящее и с увлечением это записывал. Даже теперь, много лет спустя, меня не покидает такое чувство, будто она заглядывает в мою рукопись и сияет от гордости.

К сказанному остается добавить лишь одно: я рад окончанию многолетней работы над этой книжкой и надеюсь, что каждый найдет в ней что-нибудь для себя. Мне было несказанно приятно вновь ока-

Рэй Брэдбери

заться в родном Гринтауне — поглазеть на дом с привидениями, послушать гулкий бой городских часов, перебежать через овраг, впервые познать поцелуй девушки и набраться ума-разума от тех, кого уже с нами нет.

ПРИМЕЧАНИЯ

С. 7. *Антиетам* — город, при котором произошло известное сражение в сентябре 1862 г., когда северяне потеряли двенадцать тысяч солдат, а южане — более девяти тысяч и вынуждены были отступить за реку Потомак.

С. 32. *Великая армия Республики* — организация ветеранов-юнионистов, учреждена после окончания войны Севера и Юга в 1866 г.

С. 49. *Шайло* — битва при Шайло произошла в апреле 1862 года.

С. 75. — *Похищенное? — У мистера По было такое словцо.* — Имеется в виду рассказ Эдгара По «Похищенное письмо» (1842).

С. 77. *Уолденский пруд* — отсылка к философскому произведению американского писателя и мыслителя Генри Дэвида Торо «Уолден, или Жизнь в лесу» (1854).

С. 138. *Нет, не Эбенезер и даже не Скрудж.* — Аллюзия на героя «Рождественской песни» Ч. Диккенса.

С. 165. *Аппоматокс* — город в штате Виргиния, в ратуше которого 9 апреля 1865 г. был подписан акт о капитуляции армии Юга в Гражданской войне.

Е. Петрова

СОДЕРЖАНИЕ

I. ПОЧТИ АНТИЕТАМ 7

II. ШАЙЛО И ДАЛЕЕ 49

III. АППОМАТОКС 165

Послесловие. КАК ВАЖНО УДИВЛЯТЬСЯ 182

Примечания 187

Все права защищены. Книга или любая ее часть не может быть скопирована, воспроизведена в электронной или механической форме, в виде фотокопии, записи в память ЭВМ, репродукции или каким-либо иным способом, а также использована в любой информационной системе без получения разрешения от издателя. Копирование, воспроизведение и иное использование книги или ее части без согласия издателя является незаконным и влечет уголовную, административную и гражданскую ответственность.

Литературно-художественное издание

Рэй Брэдбери

ЛЕТО, ПРОЩАЙ

Ответственный редактор *М. Яновская*
Художественный редактор *А. Сауков*
Технический редактор *О. Шубик*
Компьютерная верстка *В. Сергеев*
Корректор *Н. Тюрина*

Страна происхождения: Российская Федерация
Шығарылған елі: Ресей Федерациясы

ООО «Издательство «Эксмо»
123308, Россия, город Москва, улица Зорге, дом 1, строение 1, этаж 20, каб. 2013.
Тел.: 8 (495) 411-68-86.
Home page: www.eksmo.ru E-mail: info@eksmo.ru
Өндіруші: «ЭКСМО» АҚБ Баспасы,
123308, Ресей, қала Мәскеу, Зорге көшесі, 1 үй, 1 ғимарат, 20 қабат, офис 2013 ж.
Тел.: 8 (495) 411-68-86.
Home page: www.eksmo.ru E-mail: info@eksmo.ru.
Тауар белгісі: «Эксмо»
Интернет-магазин: www.book24.ru

Интернет-магазин: www.book24.kz
Интернет-дүкен: www.book24.kz
Импортёр в Республику Казахстан ТОО «РДЦ-Алматы».
Қазақстан Республикасындағы импорттаушы «РДЦ-Алматы» ЖШС.
Дистрибьютор и представитель по приему претензий на продукцию,
в Республике Казахстан: ТОО «РДЦ-Алматы»
Қазақстан Республикасында дистрибьютор және өнім бойынша арыз-талаптарды
қабылдаушының өкілі «РДЦ-Алматы» ЖШС,
Алматы қ., Домбровский көш., 3а», литер Б, офис 1.
Тел.: 8 (727) 251-59-90/91/92; E-mail: RDC-Almaty@eksmo.kz
Өнімнің жарамдылық мерзімі шектелмеген.
Сертификация туралы ақпарат сайтта: www.eksmo.ru/certification
Сведения о подтверждении соответствия издания согласно законодательству РФ
о техническом регулировании можно получить на сайте Издательства «Эксмо»
www.eksmo.ru/certification
Өндірген мемлекет: Ресей. Сертификация қарастырылмаған

Дата изготовления / Подписано в печать 15.07.2022.
Формат 76х100 $^1/_{32}$. Печать офсетная. Усл. печ. л. 8,46.
Доп. тираж 3000 экз. Заказ Э19136.
Отпечатано в типографии ООО «Экопейпер».
420044, Россия, г. Казань, пр. Ямашева, д. 36Б.

ISBN 978-5-699-37471-7

16+

Хочешь стать автором «Эксмо»?

 eksmo.ru
Официальный интернет-магазин издательства «Эксмо»

Москва. ООО «Торговый Дом «Эксмо»
Адрес: 123308, г. Москва, ул. Зорге, д.1, строение 1.
Телефон: +7 (495) 411-50-74. **E-mail:** reception@eksmo-sale.ru

По вопросам приобретения книг «Эксмо» зарубежными оптовыми покупателями обращаться в отдел зарубежных продаж ТД «Эксмо»
E-mail: **international@eksmo-sale.ru**

International Sales: International wholesale customers should contact Foreign Sales Department of Trading House «Eksmo» for their orders.
international@eksmo-sale.ru

По вопросам заказа книг корпоративным клиентам, в том числе в специальном оформлении, обращаться по тел.: +7 (495) 411-68-59, доб. 2151.
E-mail: **borodkin.da@eksmo.ru**

Оптовая торговля бумажно-беловыми и канцелярскими товарами для школы и офиса «Канц-Эксмо»:
Компания «Канц-Эксмо»: 142702, Московская обл., Ленинский р-н, г. Видное-2,
Белокаменное ш., д. 1, а/я 5. Тел./факс: +7 (495) 745-28-87 (многоканальный).
e-mail: kanc@eksmo-sale.ru, сайт: **www.kanc-eksmo.ru**

Филиал «Торгового Дома «Эксмо» в Нижнем Новгороде
Адрес: 603094, г. Нижний Новгород, улица Карпинского, д. 29, бизнес-парк «Грин Плаза»
Телефон: +7 (831) 216-15-91 (92, 93, 94). **E-mail:** reception@eksmonn.ru

Филиал ООО «Издательство «Эксмо» в г. Санкт-Петербурге
Адрес: 192029, г. Санкт-Петербург, пр. Обуховской обороны, д. 84, лит. «Е»
Телефон: +7 (812) 365-46-03 / 04. **E-mail:** server@szko.ru

Филиал ООО «Издательство «Эксмо» в г. Екатеринбурге
Адрес: 620024, г. Екатеринбург, ул. Новинская, д. 2щ
Телефон: +7 (343) 272-72-01 (02/03/04/05/06/08)

Филиал ООО «Издательство «Эксмо» в г. Самаре
Адрес: 443052, г. Самара, пр-т Кирова, д. 75/1, лит. «Е»
Телефон: +7 (846) 207-55-50. **E-mail:** RDC-samara@mail.ru

Филиал ООО «Издательство «Эксмо» в г. Ростове-на-Дону
Адрес: 344023, г. Ростов-на-Дону, ул. Страны Советов, 44А
Телефон: +7(863) 303-62-10. **E-mail:** info@rnd.eksmo.ru

Филиал ООО «Издательство «Эксмо» в г. Новосибирске
Адрес: 630015, г. Новосибирск, Комбинатский пер., д. 3
Телефон: +7(383) 289-91-42. **E-mail:** eksmo-nsk@yandex.ru

Обособленное подразделение в г. Хабаровске
Фактический адрес: 680000, г. Хабаровск, ул. Фрунзе, 22, оф. 703
Почтовый адрес: 680020, г. Хабаровск, А/Я 1006
(4212) 910-120, 910-211. **E-mail:** eksmo-khv@mail.ru

Республика Беларусь: ООО «ЭКСМО АСТ Си энд Си»
Центр оптово-розничных продаж Cash&Carry в г. Минске
Адрес: 220014, Республика Беларусь, г. Минск, проспект Жукова, 44, пом. 1-17, ТЦ «Outleto»
Телефон: +375 17 251-40-23; +375 44 581-81-92
Режим работы: с 10.00 до 22.00. **E-mail:** exmoast@yandex.by

Казахстан: «РДЦ Алматы»
Адрес: 050039, г. Алматы, ул. Домбровского, 3А
Телефон: +7 (727) 251-58-12, 251-59-90 (91,92,99). **E-mail:** RDC-Almaty@eksmo.kz

Полный ассортимент продукции ООО «Издательство «Эксмо» можно приобрести в книжных магазинах «Читай-город» и заказать в интернет-магазине: **www.chitai-gorod.ru**.
Телефон единой справочной службы: 8 (800) 444-8-444. Звонок по России бесплатный.

Интернет-магазин ООО «Издательство «Эксмо»
www.eksmo.ru
Розничная продажа книг с доставкой по всему миру.
Тел.: +7 (495) 745-89-14. E-mail: imarket@eksmo-sale.ru

ЧИТАЙ·ГОРОД

 Издательство «Эксмо» — универсальное издательство №1 в России, является одним из лидеров книжного рынка Европы.
ЭКСМО eksmo.ru eksmo

 В электронном виде книги издательства Эксмо вы можете купить на www.litres.ru
 ЛитРес: один клик до книг